TABLEAU

HISTORIQUE ET POLITIQUE

DE

LA DISSOLUTION

ET

DU RÉTABLISSEMENT

DE

LA MONARCHIE ANGLAISE,

DEPUIS 1625 JUSQU'EN 1702.

PAR LE CITOYEN J. CHAS.

———————— ❦ ————————

A PARIS,

CHEZ {

PILARDEAU, imprimeur, rue André-des-Arts, no. 20.

LEFORT, libraire, rue du Rempart-Honoré, no. 961.

SUROSNE, libraire, dans la 2ème. cour du palais Egalité.

AN VIII.

INTRODUCTION.

C'est dans les annales des peuples que l'historien philosophe observe et suit la marche de la nature, les passions, les erreurs, les crimes et les vertus du cœur humain. Il y apprend à calculer et à prédire les destinées des nations ; il voit, comme dans une glace fidèle, ces causes secrètes qui ébranlent les empires, détruisent les gouvernemens et les sociétés, renversent les lois, les autels et les trônes. L'étude de l'histoire nous unit à tous les siècles et à toutes les générations ; elle montre et développe les effets des révolutions politiques, et leur influence sur les mœurs, les principes, les opinions et le caractère des peuples.

Une nation opprimée par de longues infortunes, et avilie par les crimes et les usurpations du gouvernement, doit nécessairement s'agiter pour briser ses fers et rentrer dans l'exercice de ses droits légitimes. La

a

révolution se prépare dans le silence : elle éclate au milieu des cris de la douleur et de l'oppression. Si à cette époque les lumières sont répandues, si la puissance de la raison se développe, le peuple fait des efforts courageux pour sortir de l'état de stupeur et d'esclavage qui le dégrade : embrasé du feu sacré de la liberté, il va chercher dans le code de la nature, et de la justice ses droits et ses devoirs, il prend de nouvelles forces, même dans le souvenir de ses anciens malheurs : il se rappelle qu'il existe un contrat primitif, il en medite les avantages et les obligations, il sent qu'il n'est point fait pour être l'esclave d'un gouvernement arbitraire et corrompu : il demande une nouvelle constitution et de nouvelles lois pour affermir la liberté publique, pour arrêter les attentats du despotisme, et pour mettre un frein aux déprédations ministérielles et aux dilapidations des courtisans.

Cette révolution est juste, nécessaire, légitime : c'est l'ouvrage de l'impulsion nationale, le vœu général, le consentement universel et la volonté constante de tous les membres du corps social. Dans ce nouvel ordre de choses, la nation ne desire que le bonheur n'agit que pour l'intérêt commun : elle cherche à garantir l'état des horreurs de la licence et des crimes de l'anarchie; en détruisant le despotisme et en consacrant sa souveraineté, elle veut conserver ces principes fondamentaux et ces institutions salutaires sur lesquels reposent la splendeur et la prospérité des empires; elle ne demande que des lois réformatrices, et non des décrets d'anarchie, de destruction et de mort.

En présentant le tableau historique et politique de la dissolution et du rétablissement de la monarchie anglaise, nous avons voulu prouver cette grande vérité, que toute constitution qui n'a point pour base la souveraineté et l'indépendance de la nation, et pour fondement la justice, la morale et ces principes propres à régénérer les

mœurs publiques, doit nécessairement périr et se dissoudre ; elle peut
bien se soutenir pendant quelques
tems par la force, par la terreur, par
la tyrannie, par la séduction; mais
un ver invisible corrompt sa tige, elle
se dessèche et tombe en pourriture.
Toute loi qui est contraire aux droits
du peuple, aux maximes de la justice devient une source de malheurs
et de crimes, il faut qu'elle s'anéantisse ou que l'état soit bientôt préci-
pité vers sa dissolution.

Nous avons réuni dans notre TA-
BLEAU POLITIQUE, les révolutions de
1625 et de 1688. Ce fut à cette dernière époque que la monarchie anglaise vint s'affermir sur ses antiques
fondemens, et que l'ancienne constitution reprit sa force et sa vigueur.

TABLEAU
HISTORIQUE ET POLITIQUE

DE

LA DISSOLUTION

ET

DU RÉTABLISSEMENT

DE

LA MONARCHIE ANGLAISE.

C HARLES Ier. monta sur le trône britan- Année 1625.
nique dans un tems où de grandes idées de
liberté et d'indépendance fermentoient de
toutes parts, et devoient nécessairement opérer une révolution : la nation ne voyoit dans
ses chefs et ses rois , que des oppresseurs et
des tyrans. Les méfiances, l'ambition , l'hypocrisie , la férocité éclatèrent avec fureur ;
le fanatisme civil se réunit à la superstition
réligieuse ; ce délire moral et politique dé-
natura tous les principes , corrompit les opinions , dégrada le caractère national , et sur
cette anarchie, et cette désorganisation des

I

principes sociaux, s'éleva un gouvernement qui consacra la tyrannie et les crimes, et prépara la misère et l'esclavage du peuple. Ce n'étoit point ici une nation qui veut briser les fers de la servitude et rentrer dans l'exercice de sa souveraineté usurpée, c'est une multitude égarée et féroce, qui va remettre à un tyran hypocrite et usurpateur, les chaînes de l'esclavage, destinées à l'asservir. C'étoit ici le cri de cette liberté qui est un double principe d'insurrection et de tyrannie propre à perpétuer les factions et à bouleverser les empires. La liberté est sans doute un bienfait précieux de la nature : un peuple a le droit incontestable de réclamer l'exercice de son indépendance, et de s'opposer à l'abus du pouvoir, en brisant les fers du despotisme, en exerçant ou en déléguant sa souveraineté, il manifeste sa grandeur et sa puissance ; mais il doit fonder sa nouvelle constitution sur les principes immuables de l'ordre et de la justice. C'est sur cette base immortelle que reposent la splendeur des empires et le bonheur des nations.

Les finances de l'état étoient épuisées ; des ministres déprédateurs, des courtisans sans foi et sans pudeur, épuisoient le trésor public, et s'engraissoient impunément de la substance du peuple. Cependant il falloit soutenir cette guerre du Palatinat, que la nation avoit demandée à grands cris. Charles convoqua le parlement et lui demanda des subsides qu'il n'osa point refuser, parce que cette guerre intéressoit l'honneur et la gloire britannique; mais les sommes que les communes accordèrent furent insuffisantes pour équiper une flotte et lever une armée.

Les communes se plaignirent de l'administration du comte de Buckingham ; ce ministre fut dénoncé comme l'ennemi de la nation , et le protecteur du catholicisme : déjà la persécution aiguisoit ses poignards et désignoit les victimes qu'il falloit immoler sur les autels du fanatisme. Charles , pour prévenir ces scènes sanglantes qui se préparoient, prononça la dissolution du parlement. En vertu des lettres du sceau privé , il emprunta quelque argent ; c'est ainsi qu'il parvint à équiper une flotte qui fut destinée à attaquer l'Espagne ; mais la peste porta ses dévastations dans l'armée navale : on accusa le roi d'avoir contribué au malheur de cette expédition.

Cependant le besoin des finances devenoit plus pressant. Charles fut forcé de convoquer nn nouveau parlement ; dirigé par les mêmes principes et par les mêmes passions , il suivit le système ancien de restreindre le pouvoir royal, et de s'opposer aux mesures du gouvernement. Il accorda des subsides ; mais il délibéra que le produit n'en seroit versé dans le trésor public qu'à la fin de la session. Les communes vouloient forcer le roi à sacrifier quelques prérogatives royales, au desir d'obtenir l'anticipation du paiement des subsides : ce système étoit bien propre à fomenter les haines, à nourrir les factions et à détruire cette heureuse harmonie qui doit subsister entre le pouvoir législatif et la puissance exécutrice, pour donner au corps social ce principe de vie et d'activité dont il a besoin pour le succès des opérations et des mesures politiques.

Buckingham continuoit à diriger l'administration des affaires publiques ; mais il fallut immoler ce défenseur intrépide des droits de l'autorité royale. Les communes le dénoncèrent une seconde fois comme traître à la patrie, et coupable de prévarication. Le parlement, si jaloux de maintenir les formes de la liberté civile, déclara que le procès de ce ministre pourroit être instruit et jugé sur les rapports publics. Il faut punir les crimes ; il faut que le magistrat inflexible soit toujours armé du glaive de la loi pour frapper les

traîtres et les conspirateurs ; mais dans ce
ministère de rigueur qu'il exerce, il faut qu'il
observe les formes de la loi , et qu'il en in-
vestisse l'accusé pour proclamer l'innocence
ou pour punir le coupable. Tout état qui viole
ce principe fondàmental de la législation , de
l'ordre et de la justice , sera déchiré par ces
factions qui préparent les malheurs et les
crimes de l'anarchie. Ce fut un spectacle
odieux de voir ce parlement violer impunément ces droits sacrés de la justice , qu'il
préconisoit avec tant de solemnité , et détruire ces formes antiques et protectrices
qu'une sage législation avoit consacrées pour
assurer la punition des crimes et proclamer
le triomphe de l'innocence persécutée. Le
peuple anglais étoit bien malheureux ; il gé-
missoit sous le despotisme de ses rois et sous
la tyrannie des parlemens. Pour s'affranchir
de tous ces maux et fermer les sources des
calamités publiques , il falloit abattre tous
les pouvoirs et établir , sur leurs débris , la
souveraineté et l'indépendance nationale ; il
falloit proclamer un nouveau pacte - social ,
fondé sur les véritables principes du gouvernement représentatif.

Charles ordonna au parlement de suspendre les poursuites de l'accusation , dirigées

contre son ministre. Il lui déclara qu'il avoit
le droit et le pouvoir de changer la forme du
gouvernement. Il fit emprisonner Diggs et
Elliot, qui avoient rédigé les articles de l'accusation. Charles n'avoit pas le droit de
changer la constitution de l'état, ni de faire
arrêter les membres du parlement qui avoient
dénoncé un ministre prévaricateur. Ce prince
n'ignoroit point qu'il existoit des chartres
qui protégeoient la liberté des citoyens, et
fixoient les bornes des prérogatives royales.
L'emprisonnement d'un membre de la cité,
sans observer les formes de la loi, est un attentat contre la justice, et une violation coupable du pacte - social : Charles portoit ses
regards sur les règnes de Henri VIII et d'Elisabeth; ces princes, de la famille de Tudor,
oient exercé l'autorité absolue : la nation
n'avoit point réclamé contre cette tyrannie.
A peine sortie des horreurs de la guerre ci-
ville, fatiguée d'une longue et sanglante révolution, elle avoit oublié ses lois, sa constitution, sa liberté ; elle ne sentoit point les
fers de l'esclavage, et se prosternoit tranquillement aux pieds de ses tyrans et de ses oppresseurs. Charles pensoit que les princes de
la race de Stuard devoient jouir des mêmes
droits et exercer la même autorité ; mais rien

ne peut consacrer les crimes de la tyrannie
et de l'usurpation. Les droits des peuples sont
sacrés et imprescriptibles ; ils ne varient point
au gré des révolutions ; ils surnagent à tra-
vers les siècles.

Les sciences en agrandissant les idées,
avoient opéré en Angleterre une révolution
dans les principes de la politique et dans l'art
de la législation. Les arts faisoient des progrès rapides ; la navigation multiplioit ses
prodiges et ouvroit de nouvelles sources de
richesses. Les voyages étoient devenus fré-
quens et agréables ; le systême de la politique
s'étoit comme étendu, et formoit un plus
grand cercle. La naissance de l'Amérique
avoit hâté la maturité de l'Europe ; la com-
munication entre les peuples ouvroit une
porte à l'industrie et aux lumières. Le luxe
diminuoit la férocité des mœurs, les principes du contrat - social étoient connus, et
cette maxime sacrée que tous les pouvoirs
appartiennent aux peuples, et que ceux qui
exercent en leur nom la puissance souveraine ne sont que leurs mandataires et leurs
sujets, étoit proclamée dans les annales politiques et gravée dans tous les cœurs. Le
clergé avoit perdu la plus grande partie de
ses revenus, et trembloit pour son existence ;

les nobles, énervés par le rafinement du luxe, dissipoient ces antiques héritages, dont l'immense étendue servoit à entretenir leur orgueil, et à perpétuer leur tyrannie. L'étude des constitutions d'Athènes et de Sparte avoient insensiblement donné de la consistance aux idées d'ordre et de justice, produites par le sentiment de l'oppression ; et l'Angleterre, délivrée des chaînes de la féodalité et de la domination sacerdotale, commençoit à sentir sa force et à s'éclairrer sur ses vrais intérêts. Charles ne vit pas ce travail de l'esprit humain, incapable de pénétrer dans ces causes secrètes qui préparent par des gradations lentes, mais sûres, ces révolutions qui ébranlent les empires, il n'en prévit pas les effets ; il s'étoit formé lui-même un système de gouvernement absolu: il sembloit vouloir combattre les efforts du génie et les travaux de la nature. Rien ne pouvoit changer, ni intervertir, ni retarder ce nouvel ordre de choses qui se préparoit dans le silence. Depuis plusieurs siècles, l'esprit humain étoit, pour ainsi dire, dans l'enfantement de grandes vérités qu'il devoit répandre pour instruire et consoler les peuples. Il étoit dans la méditation ; et c'est dans ce silence, si long et si auguste, qu'il préparoit ses travaux et ses conquêtes : il étoit tems que la nature , par ses dons et ses bienfaits , répara ses erreurs et ses caprices.

Les subsides accordés n'avoient pas été perçus ; Charles fut encore forcé de recourir à la voie des emprunts. Il rendit une loi de tolérance en faveur des catholiques ; imposa des taxes arbitraires , et accorda des priviléges exclusifs qui devinrent l'objet d'un trafic infâme. Un tribunal vendu publiquement à la cour , connu sous le nom imposant de *chambre étoilée* , infligeoit des peines flétrissantes et des amendes ruineuses.

Les communes protestèrent contre l'édit An 1629. des emprunts , qui ne pouvoit être exécuté sans leur sanction ; tandis que Charles punissoit ceux qui lui contestoient ce droit : le parlement proscrivoit ces écrivains , qui consacroient dans leurs ouvrages les principes de l'autorité absolue. Cette lutte perpétuelle entre les deux pouvoirs vint fortifier la haine des deux partis , donna plus d'énergie à l'esprit républicain , et contribua à agrandir les idées sur l'étendue de la liberté publique ; cependant l'état extérieur de l'Angleterre présentoit le tableau consolant de la paix , et de la prospérité ; l'Europe étoit alors divisée entre les maisons rivales de

Bourbon et d'Autriche, dont les intérêts opposés, et leur mutuelle jalousie assuroient la tranquillité des Anglais. Il y avoit tant d'égalité dans les forces de ces deux puissances, observe Hume, qu'on ne devoit craindre aucun événement qui pût renverser tout d'un coup entre elles la balance du pouvoir. Le monarque Espagnol, qu'on jugeoit alors le plus puissant, étoit le plus éloigné, et, pour cette raison, la politique exigeoit que l'Angleterre s'unît avec la France. Les états dispersés de l'Espagne donnoient beaucoup de prise au pouvoir naval de l'Angleterre, et tenoient cette puissance dans une continuelle dépendance. La France, plus compacte et plus vigoureuse, faisoit des progrès dans la science de la politique et de la discipline, et disputoit l'égalité de pouvoir à la maison d'Autriche; mais ces progrès, lents et mesurés, laissoient encore à l'Angleterre le pouvoir et les moyens d'arrêter sa supériorité par une prompte opposition. Ainsi, Charles, en entretenant l'union et en évitant des divisions, pouvoit se faire respecter de toutes les puissances de l'Europe, et devenir l'arbitre de leurs différends; mais ce roi méconnut les bornes de son autorité, et viola les lois constitutionnelles de l'état. Il fit emprisonner quelques citoyens qui censuroient avec amertume son administration. Ils appelèrent du prince à la loi; les chartres furent consultées : les droits de l'autorité royale ainsi discutés par ceux mêmes qui avoient intérêt de les combattre et de les affoiblir, on jugea que Charles en avoient franchi les limites; les prisonniers obtinrent leur liberté.

Ce fut dans cet état d'inquiétude et de fermèntation, que Charles, dirigé par les conseils de Buckingham, cherchoit à rompre le traité qu'il avoit fait avec Louis XIII, et à déclarer la guerre à la France. Richelieu méditoit alors de vastes projets; la puissance de ce ministre étoit destructive; les armes dans ses mains se portoient toujours à la violence : ce ne fut que sur des monceaux de cadavres qui ensanglantoient ses pas, ce ne fut que par tous les degrés de la cruauté qu'il se fraya le chemin des grandeurs suprêmes. Richelieu, occupé à remplir l'Europe des bruits de sa gloire et de son nom, vouloit humilier la puissance redoutable de la maison d'Autriche, et détruire la noblesse du royaume, pour affermir et étendre l'autorité royale. Buckingham, qui n'avoit ni le génie, ni les talens politi-

ques de Richelieu, devint jaloux de sa renommée et de son pouvoir. Plusieurs historiens ont donné un autre motif à la conduite de Buckingham, ils l'attribuent à une
intrigue de galanterie dont les détails in-
certains et frivoles sont indignes de la gravité de l'histoire.

Le duc de Soubise et le duc de Rohan,
son frère, chefs des protestans, sollicitèrent
l'alliance de Charles pour secourir et protéger les religionnaires opprimés : il sembloit, au premier coup-d'œil, que l'intérêt
de Charles exigeoit qu'il fit une utile diversion par des préparatifs militaires ; cependant il étoit impolitique d'attacher le peuple
à la cause dont le prétexte fut alors saisi par
le ministre anglais : on soupçonnoit Charles
de protéger les catholiques, ce soupçon étoit
trop répandu pour se flatter de le détruire,
du moins il avoit attaché les non-conformistes à l'autorité royale. La guerre contre
la France sembla diminuer leur zèle, et détruire leurs espérances ; les presbytériens
anglais pouvoient se réunir aux protestans
français ; alors Charles ne devoit plus compter sur la France qui, peut-être, lui eût pro-
curé les moyens de résister à ses ennemis ;
cependant la guerre contre cette puissance

fut résolue ; Buckingham fut nommé général de l'armée ; il partit pour assiéger le fort Saint-Martin, mais le comte de Schombert le força de lever le siége, et le vainquit. La nation blâma Charles d'avoir confié le commandement de l'armée à un général sans expérience et sans valeur ; le roi vouloit continuer cette guerre injuste, mais il avoit besoin de subsides, et, pour les obtenir, il convoqua un troisième parlement. La ressource des emprunts étoit épuisée ; ce système financier, que l'intérêt public et la cause sacrée des mœurs réprouvoient également, devoit nécessairement détruire la confiance publique et le crédit national.

Le parlement apporta dans ses délibérations cette prudence tranquille, et ces combinaisons réfléchies qui assurent aux entreprises leur exécution et leur succès ; Charles déclara qu'il avoit besoin de subsides, et qu'il sauroit punir ces hommes factieux qui ne faisoient entendre leur voix que pour exciter le peuple à la révolte. Les communes écoutèrent sans tumulte ces menaces imprudentes ; elles ne se permirent aucune plainte ni aucun murmure ; les passions se reposèrent pour éclater avec plus de fureur ; ce silence profond étoit le précurseur d'une tempéte

violente qui devoit bouleverser le corps social et briser le vaisseau de l'état. Les communes déposèrent dans leurs annales la déclaration de leur doctrine politique, et celle
des droits du peuple ; elles annoncèrent solemnellement qu'elles ne prétendoient point
usurper l'autorité royale ; demandèrent le
maintien des priviléges de la nation contenus
dans les articles les plus essentiels de la
grande chartre ; exigèrent la suppression
des prêts forcés et des impôts perçus sans le
consentement du parlement, et protestèrent
contre les emprisonnemens arbitraires, et
contre la loi martiale. Cette déclaration étoit
conforme aux véritables principes de la constitution ; elle étoit bien propre à rassurer le
monarque contre les factions et les complots
de ses ennemis; mais c'étoit une vaine spéculation théorique, puisque le parlement ne
cessa de violer cette doctrine qu'il publioit
pompeusement. Il y a en politique, comme
en religion, une hypocrisie adroite dont se
sert l'ambition pour parvenir au succès de ses
entreprises.

An 1651. Les communes demandèrent à Charles la
confirmation de la grande chartre, et lui in-
diquèrent assez clairement qu'en cas de refus
elles se disposoient à reprendre les pour-

suites de l'accusation dirigée contre Buckingham ; Charles redoutant de perdre son ministre chéri, le défenseur ardent de son autorité, approuva et promit d'observer cette grande chartre si précieuse à la nation. Cette promesse produisit une révolution momentanée dans les opinions, et paroissoit devenir un signe de réconciliation ; le peuple sembloit oublier les erreurs et le despotisme du roi pour ne s'entretenir que de sa sagesse et de ses vertus. Dans son enthousiasme aveugle, il parloit de l'excellence du gouvernement monarchique ; il regardoit l'autorité royale comme la source de la justice, et l'asyle contre l'oppression. Les communes virent, avec un dépit secret, ce changement rapide ; pour détruire une union si désirable, et prévenir les effets d'une heureuse réconciliation, elles publièrent des écrits pour prouver qu'il existoit encore de nouveaux priviléges destinés à affermir les bases de la liberté publique ; elles distribuèrent un manifeste dont l'objet étoit de priver le roi des droits de *tonneau* et de *poid* qui, suivant un usage antique et solemnel, formoit une partie des revenus de la couronne. Charles, prévoyant de nouveaux troubles, prorogea le parlement. Ce fut à cette époque qu'un nommé

Felton, démagogue fanatique, assassina Buckingham; immobile auprès de sa victime, et sans être effrayé des satellites qui l'environnoient, Felton, les bras ouverts et l'œil serein, offrit sa poitrine aux épées qui le menaçoient : *Oui*, dit-il, *c'est moi qui l'ai frappé ; ma résolution est partie de ma conscience, et mon chapeau, s'il se retrouve, en expliquera le motif.* En effet, lorsqu'on le rapporta, on apperçut dans les replis un papier qu'il y avoit attaché : on crut y lire les noms de ses complices, on n'y trouva que la déclaration des communes ; elle seule avoit armé son bras. Charles employa les plus vives instances pour que les tourmens de la torture arrachassent le secret de l'assassin ; mais les juges déclarèrent que les lois de l'état ne souffroient point cette horrible institution.

Une faction religieuse vint bientôt fortifier l'action du fanatisme politique ; plusieurs sectes agitoient alors l'Angleterre ; celle d'Arminius faisoit des progrès rapides et allarmans pour les puritains. Ces sectaires recommandoient aux peuples d'obéir et de défendre l'autorité royale ; cette doctrine leur avoit mérité la protection de Charles, mais elle les rendoit doublement odieux aux puritains, qui annonçoient, avec autant de fanatisme que de scandale, la chimère de l'égalité absolue parmi les hommes ; cette tige, dont les rameaux étoient immenses, fixoit déjà les regards et l'admiration des peuples. Parmi ces sectaires, on distinguoit les puritains politiques, qui publioient avec enthousiasme les principes de la liberté publique ; les puritains de discipline, qui rejettoient l'épiscopat, les fêtes et les cérémonies de l'église romaine, et les puritains de doctrine, qui défendoient le système spéculatif des premiers réformateurs. Il est essentiel de faire connoître les principes et les crimes de cette secte féroce, qui renversa la constitution, corrompit les mœurs publiques, pervertit les conceptions, outragea la justice et l'humanité, livra le peuple anglais aux fureurs de l'anarchie, aux attentats de la superstition, et aux forfaits des guerres civiles !

Sous le règne odieux de Marie, les anglais opprimés quittèrent leur patrie pour aller chercher, dans des régions étrangères, la paix et le bonheur : ils se réfugièrent dans ces contrées helvétiques, où la doctrine de Calvin avoit détruit l'épiscopat, les dogmes et les cérémonies de l'église romaine. A

2

peine Elisabeth fût-elle montée sur le trône britannique, que les Anglais émigrés se hâtèrent de rentrer en Angleterre ; ils apportèrent leurs préventions et leur haîne contre l'épiscopat : ils annoncèrent que leur doctrine, émanée du ciel même, étoit la seule religion propre à rendre le peuple libre, heureux et puissant. Ces maximes fructifièrent bientôt ; les nobles, dans l'espoir de réunir à leurs fiefs et à leurs domaines, les riches possessions des évêques, se déclarèrent les défenseurs de ces sectaires, qu'on appela *puritains*, parce qu'ils vouloient, disoient-ils, purifier le culte religieux. Ces puritains commencèrent de rejetter l'usage des ornemens sacerdotaux, de l'anneau dans le mariage, de la génuflexion ; ensuite ils voulurent supprimer la confirmation et le signe de la croix ; Elisabeth força ces novateurs à reconnoître les décisions du synode tenu à Londres en 1562, et à se soumettre à la jurisdiction épiscopale. Alors ces sectaires se divisèrent en deux classes ; les rigides observateurs conservèrent leur doctrine dans toute sa pureté, dévouèrent au mépris la lithurgie anglicane, formèrent une corporation, et convoquèrent des assemblées qu'on nomma des *conventicules.* Les modérés , sans renoncer à leur opinion, bornoient leur zèle à faire des remontrances : on distribua des libelles contre la police intérieure des églises du royaume ; Elisabeth fit publier le statut de l'uniformité des prières publiques, et imposa des peines contre les sectaires ; mais la même hardiesse qui portoit ces enthousiastes à déterminer ainsi de leur propre autorité, la nature du culte religieux, influoit également sur leurs opinions politiques.

Secouer le joug tyrannique de l'église et de l'état, c'étoit la loi , c'étoit la foi du puritanisme ; s'inscrire parmi les fidèles qui devoient employer le glaive de Gédéon, c'étoit sa devise, son but, son point de ralliement ; cette secte vouloit introduire la chimère de l'égalité , qui, comme l'observe Raynal , est la plus dangereuse de toutes dans une société policée ; prêcher ce système au peuple , ce n'est point lui rappeler ses droits, c'est l'inviter à l'anarchie, au meurtre, au pillage ; c'est déchaîner les animaux domestiques , et les changer en bêtes féroces. Il n'y a dans la nature qu'une égalité de droit , et jamais une inégalité de fait ; les sauvages même ne sont pas égaux dès qu'ils sont rassemblés en hordes ; ils ne

2 *

le sont que lorsqu'ils errent dans les bois, et alors celui qui se laisse prendre sa chasse, n'est pas légal de celui qui l'emporte.

Elisabeth s'opposa aux progrès d'une secte dont les principes étoient contraires à l'ordre social, et à la législation des peuples ; elle humilia, et punit ces novateurs qui vouloient établir, sur les débris de la constitution, une funeste oligarchie. Cependant, malgré sa prudence et sa fermeté, Elisabeth parvint difficilement à contenir cette secte factieuse dans les bornes de l'obéissance et du devoir. On regrette que cette princesse n'ait point profité de cet ascendant victorieux qu'elle exerçoit sur les esprits et sur les volontés pour détruire ces sectaires qui devinrent si audacieux et si redoutables sous des rois foibles et imprudens. Pour la première fois, Elisabeth oublia l'art de cette politique savante et profonde, qui, s'étendant dans l'avenir, prévoit et enchaîne ces révolutions qui bouleversent les empires, changent le génie et le caractère des peuples, et ouvrent les sources de la discorde, des factions et de guerres. Un gouvernement juste et ferme doit s'environner de la force militaire pour s'opposer aux déchiremens du corps politique, pour réprimer et punir ces

démagogues forcenés, ces patriotes hypocrites, ces agitateurs sombres, et ces intri-
gans corrompus qui, sous prétexte de défendre, la liberté publique, et de s'opposer
à l'abus du pouvoir, pervertissent l'esprit
public, séduisent les peuples, sèment sous
leurs pas la confusion, les soupçons, les forfaits; érigent en systême et en devoir la
calomnie, la licence, la rébellion, le meurtre;
brisent avec violence tous les liens du pacte
social, et voudroient, pour satisfaire leur
inquiétude et leurs passions, voir l'état sans
cesse déchiré par les factions; et s'applau-
dissent, dans leur joie barbare, en contemplant des monumens mutilés et épars,
des ruines et des tombeaux. Dieu a créé
l'univers, et les hommes veulent le détruire !

Jacques Ier. en montant sur le trône britannique avoit adopté le goût bisare et ex-
travagant de Henri VIII pour cette doctrine
des sciences spéculatives, qu'on nomme
controverse, et qui ne sert qu'à nous donner des idées fausses et puériles de Dieu et
de la religion. Jacques étoit grand théolo-
gien et sublime argumentateur, plus propre
à être chef d'une université, qu'à gouverner
un empire : ce prince vouloit convaincre par
son éloquence les puritains, et les ramener

par la force de la dialectique aux lumières
de la raison et aux principes de la justice ;
la vanité cherchoit à combattre l'erreur, et
l'orgueil vouloit rétablir l'empire de la vérité. Jacques parut plus fier, dit un historien, d'avoir écrit contre Bellaramin et Du-
péron, qu'un conquérant ne l'auroit été de
ses victoires : ce prince s'engagea dans des
conférences avec les puritains ; mais il ne
consulta, dans cette lutte scandaleuse, que la
bizarerie de son goût, et ne suivit que l'extravagance de ses systêmes : entrer publiquement en lice avec ces sectaires, c'étoit
leur donner une nouvelle audace, et avilir
sa dignité. Il ne faut point raisonner avec
les chefs des fanatiques, il faut prendre la
foudre, les combattre et les exterminer ;
l'intérêt de l'état, le salut du peuple, les
droits du pacte social, tout exige cette rigou-
reuse, mais nécessaire, justice. Jacques ne
prévit rien ; cet esprit vain et superficiel ne
pouvoit point découvrir les causes et détruire
les effets d'une révolution qui devenoit inévitable par ses extravagances et ses caprices.
Il apporta dans les conférences la gravité
d'un docteur, opposa des prélats éclairés à
quelques ignobles prédicans ; dégrada son
autorité, et prépara, par l'oubli de ses de-

voirs, les malheurs et les crimes d'une guerre civile, le supplice de son fils et le renversement de la constitution.

Le puritanisme persécuté par Elisabeth et par Jacques Ier. multiplia, sous le règne de Charles, ses prosélytes et ses défenseurs ; il infecta de sa doctrine plusieurs membres du parlement ; il anéantit toutes les douceurs et tous les amusemens de la vie ; il augmenta tous les vices avec la corruption du cœur : à peine les maladies du corps en étoient exceptées, dit Hume, il étoit devenu nécessaire aux médecins d'être experts dans la profession spirituelle, pour adoucir, par des considérations théologiques, les religieuses terreurs dont les malades étoient obsédés ; le savoir même, qui a tant de force pour agrandir l'ame et pour humaniser le naturel, servit à donner un nouveau degré d'exaltation à cette frénésie épidémique.

Les communes déclarèrent les catholiques et les arméniens ennemis de la nation, et oppresseurs de la religion anglicane ; elles accusèrent Laud, évêque de Londres, d'hérésie et de superstition, et défendirent à tous les marchands de payer le droit de *poid* et de *mesure*, dont le produit étoit destiné en partie à l'entretien de la marine. Charles

fut encore forcé de prononcer la dissolution
de ce parlement infecté des maximes du puritanisme : ce fut à cette époque que la Ro-
chelle, défendue par les protestans, et secou-
rue par les Anglais, fut conquise par Louis
XIII ; c'est auprès de cette ville que Richelieu vit expirer, sous ses pieds triomphans,
toutes les puissances conjurées de l'Europe.

Cette dissolution précipitée excita les
plaintes et les murmures ; on annonça que
Charles étoit un tyran qui, pour établir son
despotisme, vouloit anéantir les droits du
peuple, et renverser la constitution de l'état.
Le roi brava ce cri général qui s'élevoit
contre son administration : il voyoit que le
puritanisme tendoit à renverser le trône ;
pour prévenir cette révolution qui se préparoit dans le silence, Charles s'occupoit, de
concert avec Laud, de détruire cette secte
dangereuse, et de rétablir l'épiscopat : il
éleva plusieurs évêques aux premières dignités du gouvernement, et leur conféra la plupart des charges qui donnoient une grande
influence dans les résolutions publiques. Ces
ambitieux prélats, devenus comme les maîtres d'un prince qui avoit la foiblesse de se
conduire par les inspirations d'autrui, mon-
trèrent l'ambition si naturelle au clergé,

d'élever la jurisdiction ecclésiastique à l'ombre de la prérogative royale. On les vit multiplier à l'infini les cérémonies de l'église, sous prétexte qu'elles étoient d'institution apostolique, et recourir, pour les faire observer, aux actes de l'autorité arbitraire du prince. Le dessein paroissoit formé de rétablir dans tout son éclat ce que les protestans appeloient l'idolâtrie romaine, dût-on employer, pour y réussir, les voies les plus violentes. Ce projet causoit d'autant plus d'ombrage, qu'il étoit soutenu par les préjugés d'une reine ambitieuse, qui avoit apporté de France une passion immodérée pour le pouvoir absolu et pour le catholicisme.

La chambre étoilée, instituée dans son origine pour juger les affaires ecclésiastiques, vouloit étendre sa jurisdiction sur l'administration civile. Dans un tems d'anarchie, tous les pouvoirs sont confondus ; le tribunal de la haute chambre persécutoit les presbytériens : la multitude renouvela ses murmures et ses imprécations ; cependant les clameurs excitées par les puritains n'eussent point vraisemblablement porté atteinte à l'autorité du roi que consolidoit chaque jour la fermeté de son administration : il paroît même que la partie la plus éclairée de la nation, fati-

guée de ces dissentions intestines qui épuisoient le corps social, formoit des vœux sin-
cères pour le retour de l'ordre et de l'affer-
missement de la constitution, et improuvoit
la conduite du parlement. Mais l'horizon
politique s'obcurcissoit de plus sombres
nuages; il se préparoit en Ecosse cette sanglante révolution qui anéantit la constitution, renversa la monarchie, et livra Charles
au glaive du bourreau.

Charles avoit formé le projet d'introduire
en Ecosse la discipline et le gouvernement
de l'église anglicane : cette contrée, le centre
du fanatisme et de la licence, étoit un théâtre
de meurtre et de désolation; on ne voyoit
que des esclaves et des tyrans : l'autorité étoit
partagée entre le prince et les grands. Cette
aristocratie s'appesantissoit sur le peuple.
Le puritanisme qui combattoit sans cesse
l'autorité des rois, pour établir sur ses débris
une oligarchie sanguinaire, préparoit ses
poignards, et désignoit ses victimes pour les
immoler à sa férocité. L'épiscopat fut anéanti,
et les consistoires s'emparèrent de la jurisdiction et du pouvoir ecclésiastique. Jacques
assis sur le trône d'Ecosse, n'eut ni la force,
ni le talent, ni la politique de réprimer l'audace de ces novateurs. Mais appelé au trône

britannique, ce prince résolut d'abattre le schisme, et de rétablir l'épiscopat ; il publia la lithurgie anglicane, et ordonna à tous ses sujets de la reconnoître, et d'y obéir sous peine d'être poursuivi par le fer et par le feu. Cet ordre féroce réveilla le fanatisme et excita la haine des réformateurs écossais ; le signal de l'insurrection fut arboré : la lithur-·gie fut dénoncée comme l'ouvrage de la réprobation divine ; elle fut déclarée impie et blasphématoire. Jacques employa tour-à-tour la force, la séduction, les menaces, les promesses pour enchainer la rage des sectaires. Ce prince parvint enfin à faire adopter sa nouvelle loi ecclésiastique.

Cependant la réforme faisoit des progrès rapides en Ecosse : l'épiscopat au lieu d'instruire et d'édifier, allumoit des bûchers et dressoit des échafauds. Cette tyrannie multiplia les sectaires au milieu des tortures et des supplices, et la persécution ne servoit qu'à exciter leur zèle et à fomenter la superstition qui les tourmentoit. Bientôt le peuple écossais abandonna la lithurgie anglicane, et en brisa tous les monumens ; la jurisdiction épiscopale fut abolie, et les prérogatives de la prélature passèrent aux consistoires et aux synodes nationaux. Cette nation incons-

tante agissoit sans principe et sans morale ;
elle étoit l'instrument et la victime des caprices, de l'ambition et de l'inquiétude de
ses chefs : mais enfin, fatiguée d'une lutte
perpétuelle qui épuisoit ses forces et la livroit
à tous les excès de l'anarchie et du crime, elle
écouta la voix des défenseurs des lois, des
amis de la justice et de la paix. Une nouvelle
révolution vint opérer un nouvel ordre de
choses ; l'épiscopat reprit l'exercice de ses
droits, de ses prérogatives, de sa jurisdiction. Les prélats, par intérêt ou par ambition,
contenoient la licence de ces prédicateurs
factieux, qui prêchoient dans les temples
l'anarchie et la révolte. Ils se réunirent pour
exhorter le peuple à la concorde ; mais cette
réunion juste et respectable excita toutes les
passions des sectaires ; le fanatisme enchaîné
rompit ses fers, et entraîna dans sa marche
violente, la licence, la confusion et les crimes.
La lithurgie anglicane fut dévouée à la ma-
lédiction publique, et livrée aux flammes ;
les évêques furent dénoncés comme les apôtres du despotisme et les ennemis du peuple :
plusieurs périrent sur des échafauds.

Charles avoit appris de son père que l'église
nationale, avec sa doctrine, sa discipline et
ses rits, étoit essentiellement unie à l'état,

et que ces deux objets devoient former les
bases du gouvernement civil et de l'administration religieuse ; ce système et ce principe
égarèrent ce prince sur l'origine, l'exercice
et les limites de son autorité, et l'entraînè-
rent à des actes oppressifs et tyranniques ; il
multiplia les taxes, favorisa les déprédations
et les monopoles. Les tribunaux, composés
de magistrats prévaricateurs, prononçoient
des confiscations et des amendes contre ceux
qui refusoient de payer les tributs créés par
sa propre autorité. Plusieurs familles quittèrent la Grande-Bretagne pour chercher un
asyle dans les colonies de l'Amérique. Le
corps politique s'agitoit violemment : les lois
avoient perdu leur force et leur vertu. Au
milieu de cette anarchie, les sectaires profitèrent des erreurs et des foiblesses du monarque, pour proclamer leurs maximes dangereuses : on ne vit alors dans le pouvoir du
roi qu'une autorité qu'il falloit anéantir. La
nation se plaignit de la violation de ses droits,
et accusa la tyrannie ecclésiastique de se
réunir au despotisme civil pour opprimer la
liberté publique. Les écrivains stipendiés par
les sectaires annonçoient dans leurs ouvrages
que le pouvoir accordé aux prélats étoit
l'effet d'un pacte tacite entre la couronne et

la thiare pontificale , tendant au rétablissement du culte romain. Le peuple quittoit ses
ateliers pour lire ces ouvrages qui , en lui
prescrivant l'exercice de ses droits, alimentoient sa curiosité, et excitoient ses passions.
Bientôt la démence se réunit au fanatisme,
et la persécution au ridicule. On crut flétrir
les évêques et les couvrir d'un opprobre éternel, en les appelant *papistes*. Cette dénomination insensée et puérile réveilloit les
crimes et devenoit le signal de l'oppression
et du carnage.

Ce fut dans ces momens d'agitation et
d'inquiétude que Laud, cet ennemi ardent
des puritains, fut élevé à la dignité d'archevêque de Contorbéry. Cet homme impé-
rieux et turbulent, vouloit établir un même
despotisme dans l'église et dans l'état ; fier
de ses dignités et de la protection du roi, il
poursuivoit avec acharnement les puritains,
qui cherchoient à détruire son crédit et sa
puissance. Sans vouloir que l'Angleterre fût
soumise au siège de Rome, il aspiroit à devenir patriarche de trois royaumes : l'établissement de l'épiscopat en Ecosse pouvoit le
conduire à cet état de grandeur. Charles,
accompagné de Laud, se rendit en Ecosse
pour introduire dans cette contrée la liturgie

anglicane : les calvinistes avoient formé une
ligue redoutable pour la détruire ; Charles
ordonna aux évêques de la publier dans les
églises de leurs diocèses : on demanda que
le roi fit quelques modifications ; les évêques
d'Ecosse furent chargés de travailler à un
nouveau code religieux, mais on conserva
les principaux articles qui étoient favorables
à l'épiscopat et contraires au puritanisme.
Cette fatale lithurgie fut reçue avec des clameurs et des imprécations. Le doyen de la
cathédrale d'Edimbourg la proclama au
peuple assemblé ; aussi-tôt on s'écria : *Voilà
le pape, lapidons-le.* On le poursuivit avec
le fer ; ce prêtre trouva son salut dans la
fuite ; la multitude se livra à des excès qui
menaçoient la ville d'une destruction entière.
Jacques avoit défendu cette lithurgie par des
argumens, Charles vouloit la soutenir par
des armes. Cette légère étincelle, qui se
fut éteinte d'elle-même, devint rapidement
un incendie générale ; ce ne fut plus une insurrection partielle, ce fut la confédération
solemnelle d'une nation entière qui jura de
maintenir sa doctrine religieuse, et d'exterminer ses tyrans et ses oppresseurs. On établit d'abord un conseil particulier et provisoirement souverain, destiné à concerter les

moyens pour parvenir à rompre cette alliance
qui unissoit le peuple à son chef, et à détruire
le pouvoir épiscopal. Hamilton, ami et con-
fident de Charles, fut chargé de dissiper
cette confédération, et de rétablir l'ordre et
la tranquillité publique. Les Ecossais convoquèrent une assemblée générale, mais la
discorde continuoit à fomenter les haînes,
et le fanatisme aiguisoit ses poignards. Hamilton dissout cette assemblée qui brava la
force et l'autorité de ce chef; elle continua
ses délibérations. Le conseil cassa par un
acte solemnel, appelé *convenant*, l'épiscopat, la haute-commission, les articles de
Perch et les canons ecclésiastiques, excom-
munia quatorze évêques, et révoqua le serment de ceux qui avoient juré les articles de
foi prescrits par la liturgie anglicane. Charles,
témoin de cet acte de vigueur, trembla sur
son trône, et demanda la paix. Les Ecossais,
soutenus par les puritains d'Angleterre, ne
virent dans cette démarche de pacification
que la preuve de la crainte, de la foiblesse
et de l'impuissance : ils levèrent une armée
dont le commandement fut confié au général
Lesley.

C'est de l'Ecosse que partira peut-être un
jour ce signal terrible d'insurrection qui

appellera à la vengeance tous les citoyens
pour détruire le gouvernement anglais. Cetté
nation se rappelle avec frémissement ces
tems de carnage et de destruction , où des
conquérans ont renversé ses cités et ses monumens , ont égorgé ses ancêtres et les ont
livrés à toutes les horreurs de l'esclavage et
de la misère. Elle vengera un jour ses malheurs et son oppression : il faut que les mânes
des victimes soient satisfaits ; c'est en immo-
lant sur leurs tombeaux leurs assassins , que
ces mânes seront appaisés. Que pourront
des esclaves traînant avec effort les chaînes
qui les oppriment , contre un peuple fier ,
courageux , qui , armé de la foudre , veut
conquérir sa liberté et punir ses tyrans !

Charles par son économie avoit presque
rétabli ses finances épuisées ; il eût pu employer ses trésors à détruire toutes ces sectes
qui bouleversoient l'état , et à affermir son
trône ; mais ce prince fut obligé de les sacrifier pour soutenir une guerre civile , et pour
défendre cette fatale lithurgie , plus propre à
fomenter le fanatisme qu'à éclairer les consciences. Charles leva une armée dont il donna
le commandement à Hamilton. Ce général
marcha vers les frontières de l'Ecosse : les
insurgés intimidés à son approche , propo-

sèrent des conditions de paix qui furent
acceptées. Charles licencia son armée : les
Écossais enhardis par cet acte de foiblesse
et de fausse politique, rompirent le traité,
et répandirent par tout la dévastation et la
mort. Charles convoqua le parlement pour
lui demander des subsides : ces redoutables
communes furent dirigées par ces hommes
hardis et factieux, que le roi avoit dénoncés
à la rigueur et à la vengeance des lois. Les
communes écoutèrent Charles sans lui répondre ; elles se hâtèrent de passer à l'examen
de son administration pendant les huit années
qu'il avoit exercé sans partage les droits de
la souveraineté. Le roi s'adressa à la chambre
des pairs : les grands du royaume, intéressés
à étendre le pouvoir royal, pour en obtenir
des honneurs et des dignités, usurpèrent
l'autorité, et violèrent la constitution, en
décidant que les subsides dévoient être accordés. Les communes déclarèrent ce décret
illégal et inconstitutionnel, et contestèrent
à la chambre des pairs le droit de voter dans
les affaires concernant les impôts. Charles
se hâta de dissoudre le parlement ; cette dissolution précipitée devint le signal d'une insurrection : on commença à crier à Londres,
comme à Edimbourg : *Point d'évêques, point
de suppôts du pape, point d'ante-christ.*

Cependant il falloit soumettre les insurgés ; Charles parvint à lever une armée. Déjà les Ecossais s'avançoient vers les frontières d'Angleterre : ils s'emparèrent de quelques places, et livrèrent un combat où les royalistes furent vaincus. La nation demanda alors à grands cris l'élection d'un nouveau parlement : il falloit céder à ce vœu général. Ce long parlement, dont l'historien ne doit raconter les usurpations et les crimes que pour le flétrir d'un opprobre éternel, et le dévouer à l'exécration des siècles, fut convoqué. Les communes ne consacrèrent point leur tems à entrer dans le détail des abus de l'administration, elles déclarèrent que tout avoit été abus, et établirent un comité pour examiner les mœurs et la doctrine du clergé. Ces législateurs, ambitieux et hypocrites, s'érigèrent en prophêtes, en pontifes, en réformateurs, et ne parlèrent plus qu'un jargon métaphorique et spirituel. Ces fanatiques voulurent associer la divinité à leurs passions et à leurs crimes ; ils annoncèrent que Dieu, dans ses décrets éternels, les avoit choisis pour détruire le gouvernement civil, et la hiérarchie ecclésiastique ; et qu'ils alloient, au nom du ciel, exercer ce sublime et auguste pontificat. Le peuple

3 *

superstitieux écouta dans le silence de l'admiration et du respect, ces oracles impos-
teurs, et regarda ces législateurs et ces pontifes comme les organes de la divinité, et les
pères de la patrie.

Il est inconcevable avec quelle rapidité la
balance du pouvoir passa du monarque au
parlement. Le sénat-législateur s'empara
tout-à-coup des droits de la souveraineté et
réunit ces pouvoirs fixés par la constitution.
Alors le pacte politique fut dissous : cette
alliance solemnelle, qui unissoit les deux
pouvoirs suprêmes, fut effacée du code de
la loi et des archives nationales. Cette subversion de la constitution et des principes
du contrat social enfanta tous les crimes de
l'anarchie, et toutes les fureurs des passions. Alors on ne connut d'autre droit que
la force, d'autre titre que l'usurpation : on
profana la justice, on outragea les lois, on
viola les propriétés et les asyles : la tyrannie
et l'inquisition appesantirent un joug de fer,
et on vit, de cette source impure, sortir une
législation capricieuse et féroce. L'espionage
et les délations désignèrent les victimes qu'il
falloit immoler. La séparation des pouvoirs
fait la force et la splendeur de l'empire : ce
sont ces limites sacrées qu'il faut respecter,

parce qu'elles ont été posées pour le maintien
de l'ordre et la sûreté de tous les citoyens ;
si on les franchit, l'édifice social s'écroule,
tout devient désordre et anarchie, l'usurpation succède au droit légitime ; l'exercice
des lois est suspendu. De la confusion des
pouvoirs naissent la tyrannie des chefs et
la servitude des peuples. C'est sans doute
un spectacle bien consolant de voir les efforts
que fait une nation pour briser ses fers, et
pour rentrer dans l'exercice de sa souveraineté et de son indépendance. Ce tableau
de la liberté victorieuse et du despotisme
vaincu, ranime, console et réjouit l'ami de
l'humanité. C'est alors que la nature paroît
brillante de splendeur et de beauté ; qu'elle
verse ses bienfaits, et féconde la terre. Mais
qu'elle est sa douleur lorsqu'il fixe ses regards sur une multitude féroce et superstitieuse qui, au milieu de la licence et des
attentats, se précipite dans la servitude et
dans la misère en croyant défendre ses droits,
et combattre pour son indépendance. Alors
son ame s'attriste, et il gémit dans la retraite sur les erreurs, les maux et les crimes
du genre humain.

Les communes supprimèrent la jurisdiction ecclésiastique, dépouillèrent le clergé

de ses fonctions sacerdotales , déclarèrent
abusive l'autorité des gouverneurs et des lieu-
tenans des comtés ; les officiers et les fermiers
des douanes furent destitués ; plusieurs magistrats, soupçonnés d'attachement à l'ancienne
constitution, furent condamnés à des exils , et
à des amendes : on créa des comités généraux,
de commerce , de législation , de finance ; on
organisa des sociétés particulières chargées
d'examiner les abus du gouvernement. Les
communes déclarèrent que chaque droit de
la couronne étoit une usurpation, chaque
prérogative royale une violation du pacte
social , chaque décret du conseil un acte
d'oppression. Les jugemens du comité ecclésiastique furent cruels et ridicules : on per-
sécuta le clergé ; on lui reprocha de baisser
la tête au nom de Jésus, de faire lire l'or-
donnance du roi qui permettoit quelque di-
vertissement au peuple le jour du dimanche ;
on proscrivit les catholiques , parce qu'ils
avoient pris la défense de Charles contre les
convenantaires de l'Ecosse ; on affecta de
publier qu'ils avoient formé une conspiration contre l'état ; on força la reine de
France , veuve de Henri IV , à sortir de
l'Angleterre où elle avoit cherché un asyle
contre l'oppression de Richelieu.

Les communes s'occupèrent à fortifier leur parti, en protégeant et en défendant ces hommes que la justice avoit puni pour avoir combattu l'autorité royale et dénoncé les ministres : on déclara leur exil illégal et injuste. Ces citoyens rentrèrent à Londres aux cris de l'allégresse publique ; le peuple, des palmes à la main, les reçut comme des dieux tutélaires ; les rues furent parsemées de fleurs, et, pour prix de leur fermeté, ils reçurent des éloges, des récompenses et des bienfaits. Charles, anéanti sous le poid de l'infortune, perdit tout espoir ; il se livra à ses destinées, et son ame tomba dans cette langueur qui annonce la foiblesse du caractère et l'inertie de l'ame. Les communes surent mettre à profit cet abattement et ce désespoir ; elles méditèrent la mort de Laud et de Straford ; ils furent accusés de trahison, et constitués prisonniers. Le garde-des-sceaux fut forcé de se retirer en Hollande ; les évêques eussent été exclus de siéger au parlement, sans l'opposition des pairs, qui rejetèrent le bill qui avoit prononcé leur exclusion. Des novateurs hardis, des démagogues audacieux se présentoient pour être les fondateurs d'une nouvelle constitution, on distinguoit *Hamp-*

den, dont l'ambition étoit soutenue par l'hypocrisie, le courage et la prudence ; *Pym*, qui, au milieu des glaces de la vieillesse, conservoit la vigueur de l'ame , l'audace du génie, et la force des passions ; *Saint Jean* citoyen ardent, sombre , dangereux ; *Hollis*, impétueux, violent, sincère dans ses amitiés comme dans ses haînes; *Vanne*, dirigé par cette enthousiasme qui , dans ses excès et ses fureurs , enfante des miracles. Parmi la noblesse , on voyoit le comte de Northumberland , grand-amiral, homme fier et dangereux ; le comte d'Essex, qui réunissoit la valeur du guerrier à la rigidite d'un stoïcien ; le comte de Manchester , puissant par ses alliances et par ses richesses. Ces hommes , qui croyoient acquérir un grand nom et une grande célébrité au milieu du bouleversement de leur patrie , se réunirent pour renverser la constitution , l'épiscopat, et pour établir, sur leurs débris, le gouvernement oligarchique, et la doctrine insensée du puritanisme. Bientôt l'incendie fit des progrès rapides ; on ne parla que de liberté et de vengeance. Les prédicans puritains montèrent en chaire, et firent retentir les voûtes du sanctuaire d'imprécations contre le roi, et des blasphêmes contre les évêques. On distribuoit sur les places publiques des libelles diffammatoires, et l'éloquence prostituoit sa voix pour outrager la sainteté des lois, et pour exciter le peuple à une insurrection générale. Au milieu de cette désorganisation du pacte social, tout étoit passion, attentat, révolte ; toutes les semences de la raison étoient altérées ; tous les principes de la morale étoient corrompus.

Les communes poursuivoient la mort de Straford : la cour redoutant ses talens, son crédit et son génie, l'avoit enlevé au parti de l'opposition ; il devint le plus intrépide défenseur de l'autorité royale, qu'il avoit d'abord combattue avec ce courage et cette énergie qui avoient fixé sur lui les regards et l'admiration de l'Angleterre. Ce ministre fut dénoncé comme un ennemi du peuple qu'il falloit immoler à la sûreté publique. Straford, dit un historien, fut attaqué avec tout le poids de l'autorité, toute la véhémence de la rhétorique, et toute l'exactitude d'une longue préparation. Ce ministre, fort de sa vertu et de sa conscience, se justifia avec autant de noblesse que de vérité. Il falloit une victime pour arrêter la vengeance de ces sectaires qui ne pouvoient parvenir au succès de leurs projets, qu'en faisant périr ces

An 1641.

hommes fidèles et courageux, qui pouvoient
défendre la constitution et les lois ; Straford
fut condamné à périr sur un échafaud. Charles
versa des larmes sur le malheur de son ministre, et refusa de sanctionner l'arrêt de
mort. La multitude demanda avec les cris
de la fureur que le sang de l'innocent fut
versé. Charles n'eut ni l'adresse ni la force
de résister aux menaces de quelques séditieux
dont il pouvoit punir ou séduire les chefs.
Après les plus douloureuses agitations, ce
prince confirma le jugement de mort. Straford ayant appris que le roi avoit nommé
quatre commissaires pour signer l'arrêt de
mort, se leva de son siége avec des marques
de surprise et d'horreur ; fixa ses regards vers
le ciel, et mettant sa main sur sa poitrine,
il s'écria : *Ne vous fiez jamais aux princes
ni aux enfans des hommes, car il n'y a pas
de sûreté.*

Tous les historiens s'accordent à dire que
cette foiblesse, ou plutôt cette lâcheté, prépara les désastres et les infortunes de Charles.
Straford marcha à l'échafaud avec cette dignité et ce courage qu'inspirent l'innocence
et la vertu. Son ame se défendit dans toute
sa fermeté contre la terreur de la mort, et
le triomphe insultant de ses ennemis.

Les puritains persécutoient les catholiques d'Irlande : l'oppression inspire la férocité du courage et la fureur du désespoir ; les catholiques prirent les armes , et massacrèrent les Anglais. La haine antique du peuple de cette île contre les Bretons n'étoit pas éteinte ; il supportoit le joug avec impatience : les troubles de l'Angleterre le rassuroient sur la crainte d'une vengeance prompte. Un plus puissant motif l'animoit encore ; il voyoit la destruction du catholicisme , s'il devenoit sujet d'un parlement ou dominoient les puritains. Ce moment lui parut marqué pour s'en délivrer à jamais : la conspiration , conduite avec le plus grand secret , fut exécutée avec une barbarie qui ne peut se trouver que chez une nation à-la-fois sauvage et superstitieuse. Quarante mille Anglais furent massacrés ; on ne se contentoit point de les égorger ; la religion toujours féroce , lorsqu'elle n'est pas éclairée , faisoit inventer les tortures les plus cruelles. Qui ne frémiroit au récit d'assassinats médités par les sujets du même prince , exécutés au nom d'un dieu de paix et de clémence , conçus au sein d'une religion sainte et douce dans sa morale ! Le fanatisme excité par la persécution , est terrible dans sa vengeance : il a produit l'assassinat de Danois ,

les vêpres siciliennes, le massacre de la saint
Barthélemy, et le meurtre d'Irlande. En
méditant de verser le sang humain, le fanatique croit obéir à la voix du ciel; sa conscience ne lui laisse aucun remord, et cet état
de paix le conduit à la férocité. C'est en
frappant les victimes, c'est en contemplant
leurs entrailles palpitantes et leurs membres
sanglans, qu'il croit voir le ciel ouvert prêt
à le couronner des palmes du martyr.

Charles, sans autorité et sans armées, fut
obligé de charger le parlement du soin de
punir les coupables et de rétablir l'ordre dans
l'Irlande. Le pouvoir exécutif étoit sans force
et sans vertu; mais ce prince malheureux ne
pouvoit faire un pas qui ne lui fût funeste.
Les chefs de la confédération publièrent que
les catholiques irlandais étoient stipendiés
par la cour d'Angleterre, qu'ils avoient pris
les armes et massacré les Anglais, par les conseils et les ordres du roi et de ses ministres,
pour faire régner ce prince sur les os brisés
des impies puritains. Les communes offrirent
de pacifier l'Irlande; elles permirent la perception des impôts et en gardèrent le produit, destiné à soutenir la guerre qu'elles
vouloient déclarer à Charles. Elles s'emparèrent des armes et des munitions qui étoient

dans les arsenaux ; nommèrent les généraux et les officiers qui devoient commander
les armées ; publièrent un bill, portant que
le parlement ne pouvoit être dissous, ni prorogé, ni ajourné sans le consentement des
deux chambres ; supprimèrent cette chambre
étoilée, chargée de faire exécuter les ordon-
nances du roi, et concertèrent ensuite les
moyens d'engager Charles dans quelque acte
d'imprudence et d'erreur, qui pût justifier
leur perfidie et leur usurparion.

Charles, depuis son retour d'Ecosse, s'é-
toit retiré à Hamptoncourt ; les communes
lui envoyèrent une députation, chargée de
lui présenter une adresse où l'on lui reprochoit les abus de son administration : on regardoit ses efforts, pour rétablir l'ordre public et pour enchaîner les factions, comme
un acte de despotisme et d'oppression, et
ses réformes ecclésiastiques, comme des innovations superstitieuses : on l'accusoit d'exciter le fanatisme et de fomenter la guerre
civile. Cependant la nation fit éclater ses
plaintes et ses murmures ; on vit, dans ce
manifeste séditieux, la haine et la vengeance.
Déguisées sous le nom de patriotisme, méditant, par une lâche hypocrisie, la ruine des
lois et de la constitution, en parlant de dé-

fendre la liberté et les droits du peuple. Les pairs, regardant l'abaissement de la noblesse comme une conséquence des usurpations sur la couronne, se préparoient à défendre l'autorité royale ; mais les communes leurs déclarèrent qu'elles seules représentoient la nation, et que les pairs, sans caractère et sans mission, n'avoient pas le droit d'exercer la souveraineté nationale. Cet esprit d'indépendance illimitée et de puritanisme, avoit infecté quelques membres de la chambre haute ; ils se réunirent aux autres chefs de la confédération dans l'espoir de régler ou d'arrêter le cours de l'insurrection.

Les évêques, jaloux de défendre l'autorité royale, pour conserver leur pouvoir, furent opprimés ; ils étoient poursuivis dans les rues et attaqués dans leurs maisons. Ils déclarèrent qu'ils ne pouvoient plus occuper leurs siéges, ni exercer leurs fonctions et protestèrent contre ces actes de violence qui détruisoient les lois protectrices de la liberté. Ces prélats furent dénoncés comme coupables de haute-trahison ; ils furent arrêtés et constitués prisonniers. Charles commit une dernière imprudence, qui décida de ses destinées. Il se rendit à la chambre des pairs, où il accusa de révolte et de trahison cinq mem-

bres des communes , auxquels il imputa des
crimes , dont toute la chambre étoit complice. Le lendemain il donna les ordres pour
faire arrêter les cinq membres dénoncés ;
mais ils s'étoient refugiés dans la cité , où
déjà ils avoient jeté l'alarme. Le peuple prit
les armes , et jura de vivre de ou mourir
pour la défense de ses priviléges. Le roi offrît
un pardon général. Les communes ne redou-
tèrent plus un prince foible , tremblant , sans
énergie et sans caractère ; elles demandèrent
que Charles livrât à la vengeance des loix
les conseillers perfides qui l'avoient trompé.
Elles proscrivirent Edouard Hébert , procureur-général , Digby , qui avoit succédé à la
faveur et au crédit de Straford , fut forcé du
prendre la fuite. Les communes qui savoient
mettre à profit les erreurs et les foiblesses du
roi , comprirent qu'il étoit tems d'exécuter
leurs vastes projets ; elles ordonnèrent aux
citoyens de prendre les armes ; nommèrent
un major-général de la milice bourgeoise , et
firent disposer du canon sur la Tamise. Ces
préparatifs militaires effrayèrent le roi ; il
quitta Londres , et se retira dans un de sés
châteaux , abandonnant les rènes de l'administration au hasard , et ses destinées à la
Providence. Cette fuite précipitée et impru-

dente, en attestant les craintes de Charles,
donna plus d'activité à l'audace des communes ; elles s'emparèrent de tous les maga-
sins royaux, envoyèrent un gouverneur dans
Hulk, confièrent à sa garde une grande quan-
tité d'armes et de munitions qu'elles mirent
en sûreté dans cette place forte ; ordonnèrent
au gouverneur de Portsmouth de ne point
obéir aux ordres du roi, et de ne reconnoître
d'autre autorité que celle du parlement ; donnèrent le gouvernement de la tour de Londres
à un jeune membre des communes, connu
par sa fermeté et son ambition ; forcèrent
Charles à publier une proclamation pour que
l'armée n'obéit qu'aux ordres seuls des communes, et exigèrent impérieusement que le
roi renvoyât ses ministres et exclût les catholiques.

An 1646. Charles partit pour York ; il se présenta
devant Hulk, et demanda à entrer dans cette
forteresse ; le gouverneur Hobham refusa de
lui en ouvrir les portes. Le roi se plaignit
de cette désobéissance ; les communes ré-
pondirent que Hobham avoit rempli ses devoirs en exécutant les ordres qui lui avoient
été donnés. Cinq membres de la chambre
des pairs se rendirent auprès de Charles ;
la malheureuse Henriette s'étoit réfugiée en

Hollande, où elle avoit vendu ses bijoux et ceux de la couronne. La haute-noblesse, celle du second ordre qui étoit la plus riche, craignant de se voir confondue avec le vulgaire, embrassa le parti du monarque, dont elle recevoit ce lustre emprunté qu'elle lui rend toujours par une servitude volontaire et venale. Comme ces nobles possédoient encore, la plupart, de grandes terres, ils attachèrent à leur cause presque tous les peuples des campagnes; Londres, et les villes considérables à qui le gouvernement municipal donne un esprit républicain, se déclarèrent pour le parlement, entraînant avec elles les commerçans qui, ne s'estimant pas moins que ceux de la Hollande, aspiroient à la liberté de cette démocratie. Du sein de ces dissentions sortit la guerre civile la plus vive, la plus sanglante, la plus opiniâtre dont l'histoire ait conservé le souvenir; jamais le caractère anglais ne s'étoit développé d'une manière aussi terrible; chaque jour éclatoit de nouvelles fureurs qu'on croyoit poussées aux derniers excès, et qui étoient effacées par d'autres encore plus atroces: il sembloit que la nation touchoit à son dernier terme, et que tout Breton avoit juré de s'ensevelir sous les ruines de la patrie.

4

Charles ordonna que les cours de justice fussent transférées à York ; les communes s'y opposèrent : elles publièrent un manifeste pour demander que le roi licencia l'armée, qu'il abolit la monarchie et l'épiscopat. Charles déploya l'étendard royal, il annonça qu'il prenoit les armes pour défendre son autorité, pour maintenir la constitution de l'état, pour protéger les droits du peuple et pour punir les rebelles. Ce prince proclama une loi qui déclara le parlement coupable de trahison, et défendit à ses sujets d'y obéir. Le parlement déclara cette loi contraire au serment royal, tendant à la dissolution du gouvernement, et déclara traître à la patrie ceux qui combattroient pour défendre la cause du roi. Les guerres civiles prennent ordinairement leur source dans la tyrannie et dans l'anarchie ; un pouvoir illimité et une liberté sans frein doivent avoir une même suite. Le magistrat ne voit que des séditieux dans un peuple qui, de son côté, ne voit qu'un usurpateur. La raison est un instrument trop foible pour régler des prétentions si opposées : on remet la décision des droits à l'épée, et celui qui a les meilleures armes, se trouve avoir la meilleure cause.

L'armée de Charles étoit si foible et si infé-

rieure aux troupes parlementaires, commandées par le comte d'Essex, qu'il fut forcé à
demander la paix. Les députés du roi furent
reçus avec mépris : cet état d'humiliation
parut donner un instant à l'ame de Charles
une nouvelle énergie ; mais les princes sans
caractère ne sont point faits pour conserver
cette grandeur et cet héroïsme qui n'appartiennent qu'à des êtres doués par la nature
de la force du corps, de la vigueur de l'esprit,
dominés par des passions grandes et nobles,
entraînés par ces grands mouvemens qui
créent ces moyens puissans, propres à renverser les obstacles qui s'opposent à l'exécution de vastes entreprises. Charles se vit à la
tête de dix mille hommes; il poursuivit Essex
et l'attaqua : ce combat n'eut rien de décisif.
Cette première campagne se passa presque
en préparatifs et en négociations. Le roi
s'empara de Bumburg et de Rending, et
s'avança vers Londres ; ces conquêtes et
cette marche rapide jettèrent l'épouvante
dans le parlement : il demanda à son tour
la paix. Charles continua ses opérations militaires. Le prince de Rupert attaqua Bren-
fort, place forte, et l'emporta d'assaut. Le
roi publia ensuite un manifeste pour annoncer
qu'il ne vouloit point répandre le sang de son

4 *

peuple., et qu'il étoit prêt à écouter les propositions du parlement. Il fixa à Oxfords le
lieu des conférences : il écouta avec douceur
les députés qui lui furent envoyés ; en discuta
les articles proposés avec une habileté profonde, et prouva l'impossibilité où il étoit
de les accepter. L'article que ce prince rejet-
toit avec indignation, étoit l'abolition de
l'épiscopat, sur lequel les puritains insistoient
avec force. Il paroît que si, en attendant
des circonstances plus heureuses et des tems
plus tranquilles, le roi eût voulu consentir
provisoirement à cette suppression, il eût
peut-être évité une guerre civile, et conservé
son trône et sa vie. Charles ne montra dans
cette occasion ni prudence, ni politique ; il
ne devoit point opposer une résistance inutile
et dangereuse à une insurrection générale.
Des circonstances impérieuses le forcèrent à
des sacrifices qui pouvoient le faire rentrer
dans l'exercice de ses droits, rétablir les
bases du pouvoir, et ramasser les parties
éparses de la monarchie, pour lui donner
un nouvel éclat. Il falloit, pour opérer cette
utile révolution, le talent de la politique, la
fermeté du génie, la grandeur du caractère,
et la ferme résolution de défendre et de maintenir ces lois fondamentales qui protégeoient

les droits du peuple et la liberté publique ;
il falloit l'autorité douce et salutaire , et ôter
à la nation le besoin d'une nouvelle insurrection ; mais Charles , dans l'égarement de sa
raison , préféra la conservation de l'épiscopat au maintien de son autorité , au bonheur
de son peuple , et aux avantages de la paix :
étrange fascination , déplorable aveuglement
qui devinrent une source de malheurs et de
crimes. Il semble que la fortune , lorsqu'elle
a une fois marqué une victime , prenne soin
de l'aveugler , pour la conduire plus sûrement
au lieu de son sacrifice.

Pendant le cours des négociations, Fairfax , pour le parlement , et Neucaste , pour le
roi , soulevoient les provinces du nord ; toutes
les parties de l'empire étoient ébranlées par
de violentes secousses. Les motions des pro-
pagateurs de l'anarchie , les machinations
des agitateurs du peuple , les libelles licen-
cieux , fomentoient les haines et alimentoient
les passions ; la guerre civile étendoit ses
fureurs , et les glaives des bourreaux immo-
loient chaque jours des victimes. Jamais
l'Angleterre ne fut inondée de tant de sang,
ni souillée de plus de forfaits : chaque pro-
vince , chaque ville , divisées par des intérêts divers , et agitées par des passions diffé-

rentes, combattoient dans leurs enceintes
même. Les royalistes commençoient d'imprimer la terreur dans le parlement : ils
avoient remporté trois victoires. Le prince
Rupert faisoit triompher la cause du roi : il
forma le siége de Briestol, et la prit d'assaut. La perte de cette seconde place du
royaume jetta dans Londres une conster-
nation si profonde, que si Charles eût mar-
ché vers cette capitale, la guerre étoit ter-
minée ; mais ce prince s'occupa à assiéger
Glocester, dont la conquête devoit le rendre
maître de toute la Saverne. Cette ville étoit
remplie des puritains ; ces sectaires firent
une défense si désespérée, qu'ils donnérent
à Essex le tems de venir à leur secours avec
une armée considérable. Charles fut obligé
de lever le siège de cette ville : il partit pour
Londres.

On ne conçoit pas, dit Hume, d'exemple
d'une armée aussi singulière que celle qui
se trouvoit alors assemblée pour le parlement. La plupart des régimens étoient sans
ministres : c'étoient les officiers même qui
exerçoient le devoir spirituel, et qui le
réunissoient dans leurs fonctions militaires ;
dans tous les intervalles de l'action, ils
étoient occupés des sermons, des prières et

d'exhortation, avec la même émulation qui
est si nécessaire dans les armes pour soutenir l'honneur de cette profession ; les transports et les extases tenoient lieu d'étude et
de réflexion, et lorsque ces dévots orateurs
s'abandonnoient à leur imagination dans
une harangue qu'ils n'avoient point méditée,
surpris eux-mêmes de leur éloquence, comme
tous les auditeurs, ils la prenoient pour une
illumination divine, et pour une émanation
de l'esprit saint ; ils excluoient les ministres
de la chaire ; ils expliquoient leurs sentimens
à l'assemblée avec une autorité proportion-
née à leur pouvoir, à leur valeur, à leurs
exploits militaires, dont l'idée s'unissoit à
ces apparences de ferveur et de zèle. Les
soldats, saisis du même esprit, employoient
leurs heures à la prière, à la lecture de la
bible, à des conférences spirituelles, où ils
comparoient les progrès de la grace dans
leurs âmes, et s'excitoient mutuellement avec
courage dans les pénibles routes du salut ;
lorsqu'ils alloient au combat, on entendoit
un mélange de pseaumes et des cantiques
spirituels, conformes aux circonstances, et
chacun s'efforçoit d'éloigner le sentiment du
danger, dans la perspective de cette couronne de gloire qu'on présentoit à ses yeux,

dans une cause si sainte les blessures étoient jugées méritoires, la mort un martyr : le tumulte de l'action, loin de bannir ces pieuses chimères, en rendoit l'impression plus profonde. Jamais la nature humaine n'a paru sous une forme si remarquable, et jamais l'imagination humaine ne s'est avancée avec des élans plus vigoureux et plus irréguliers vers ces mystérieuses régions que la religion nous fait entrevoir.

Les communes accusèrent la reine de haute trahison : elles présentèrent le bill d'accusation à la chambre des pairs; quelques membres du parlement donnèrent leur démission. C'est précisément à cette époque que l'on entendit parler pour la première fois de Cromwel : il se distingua dans un combat où sa valeur et sa prudence fixèrent les regards et l'attention du parlement. Dans un tems où la guerre civile multiplie les crimes et les calamités, la nature, qui est terrible dans ses bouleversemens, se plaît à former des hommes vigoureux et féroces qu'elle destine à agiter les empires, et à enchaîner les peuples. Ce fut aussi dans ce même tems que les communes firent un traité avec les Ecossais, qui promirent de fournir une armée commandée par le comte de

Leven. Il fut stipulé , dans ce traité, que le comité des Ecossais auroit toujours séance avec celui de Westminster. Charles, pour contrebalancer ce surcroît de puissance et de force, traita avec les Irlandais , qui promirent de donner quelques troupes.

Quoique les forces fussent égales de part et d'autre , Charles devoit nécessairement succomber , parce qu'il n'avoit pas , comme le parlement, des trésors avec lesquels on multiplie les armées ; ses ennemis étoient dirigés par une double superstition qui , plus forte que le patriotisme , opère des prodiges. L'homme qui pense combattre pour défendre sa liberté et sa religion , brave les dangers et la mort : il croit, en expirant, recevoir les éloges de la patrie , les bénédictions du ciel et la palme du martyr. Les membres des deux chambres, qui avoient pris la défense de Charles , s'étoient retirés auprès de ce prince, et formoient, à Oxfords , un anti-parlement dont la chambre des pairs étoit deux fois plus nombreuse que celle de Londres. La chambre des communes se trouvoit dans une proportion contraire : la noblesse ne devoit point aimer la démocratie , parce que , dans ce système de gouvernement , les grands n'ont aucun pouvoir, ni aucune influence dans l'administration publique.

Tel étoit l'état des choses, lorsque les hostilités recommencèrent : les troupes irlan-
daises, commandées par Biron, furent tail-
lées en pièces par Fairfax, qui s'empara de
quelques places importantes. Les Ecossais,
réunis aux troupes parlementaires, formèrent
trois armées considérables. Cromwel commandoit l'élite de ces troupes ; il livra la
bataille à Rupert, et le vainquit. Neucaste,
plus occupé de ses plaisirs que de la gloire
de son prince, abandonna Charles, et se retira dans une contrée étrangère. Les insurgés
prirent York, et assiégèrent Oxfords où étoit
le rôi. Nouvel Omar, Cromwel ajouta dans
Oxfords, aux pertes d'Alexandrie, les ma-
nuscrits dont l'archevêque de Contorbéri
avoit enrichi la bibliotèque de cette université, furent brûlés par ses ordres, et ses soldats en les livrant aux flammes, crioient avec
les transports de la fureur, qu'ils réduisoient
le papisme en cendres. Charles se sauva à la
faveur des ténèbres, et arriva avec le prince
de Galles à Vorcestre. La reine chercha un
asyle dans le pays de Cornouailles, et s'embarqua pour la France. Charles marcha contre
le comte d'Essex, l'attaqua, remporta la victoire, et s'empara de l'artillerie et des munitions. Malgré cette défaite et cette perte
immense, les communes délibérèrent de

rendre des actions de grace au comte d'Essex. Bientôt après, elles reprirent le procès de Laud, archevêque de Cantorbéri ; il fut condamné à mort. Ce prélat sur l'échafaud fit oublier ses erreurs et cette sombre ambition qui l'avoit tourmenté si long-tems ; il présenta le spectacle attendrissant du malheur persécuté. Laud pardonna à ses juges et bénit ses bourreaux.

L'histoire du règne de Charles présente tant d'événemens bizarres, que l'écrivain est quelquefois forcé d'interrompre les récits historiques, pour expliquer des circonstances et des mots qui, sans ce développement, deviendroient inintelligibles et répandroient l'obscurité et la confusion sur les détails les plus curieux et les plus instructifs. Quoique cette guerre civile fût excitée et fomentée par le parlement, contre l'autorité royale, elle étoit cependant regardée comme une guerre de religion. La terre vouloit rendre le ciel complice de ses passions et de ses crimes. Le fanatisme religieux vint renforcer la superstition civile, pour renverser la constitution de l'état, et pour détruire la lithurgie anglicane. D'un autre côté, les réformés, tels qu'ils avoient été sous le règne d'Elisabeth, formoient le parti du roi ; les puritains ou les

presbytériens rigides , formoient celui du
parlement. Cette secte , comme nous l'avons
déjà observé, vouloit supprimer les cérémonies religieuses , abolir l'épiscopat et les
jurisdictions ecclésiastiques. Parmi ces puritains même , il se trouvoit une classe de fanatiques qui , portant bien plus loin la rage de
la réforme , vouloient anéantir l'autorité civile et le pouvoir ecclésiastique ; ils furent
désignés sous la dénomination des *indépendans*, et prirent le nom d'élus et de saints.
Ces sectaires parvinrent à séduire et à égarer
une multitude toujours avide d'innovations,
en lui annonçant qu'ils étoient les envoyés
et les prophètes de la divinité , pour annoblir
la religion et purifier son culte. Cette multitude écouta avec respect ces apôtres impos-
teurs ; bientôt cette secte forma un corps
puissant et redoutable , sous la direction de
Cromwel qui, semblable à Mahomet , tenoit
la bible d'une main et le poignard de l'autre.
Cette dernière confédération , bien plus dangereuse que la première , et portée à des
extrémités plus terribles par l'activité du
fanatisme de son chef , rendit bientôt son
parti dominant dans le parlement, et força
les membres des deux chambres à abdiquer
les emplois civils et militaires dont ils étoient

revêtus, sous prétexte de la honte dont ils se couvroient en exerçant des fonctions lucratives. Aussitôt les généraux et les officiers commandans ayant été rappelés, Fairfax et Cromwel se trouvèrent à la tête des armées. Fairfax unissoit au courage la sensibilité du cœur; mais esclave des erreurs et des préjugés de son pays, il régloit ses principes politiques sur les circonstances et les événemens. En prenant les armes pour renverser la monarchie, il croyoit établir la liberté publique, et obéir à la voix du ciel. Il ne voyoit point que sur les débris du despotisme royal, il s'éleveroit une autre tyrannie aussi oppressive. Fairfax auroit servi utilement la patrie et l'humanité, s'il eût pris les armes et combattu pour faire rentrer le peuple dans l'exercice de sa souveraineté, et fermer la source des calamités publiques.

Tandis que des étranges innovations étonnoient et subjugoient l'Angleterre, le parti presbytérien et le parti royaliste ne cessoient de négocier; des commissaires de paix étoient continuellement occupés à trouver des moyens de conciliation pour conserver l'intégrité du pouvoir monarchique et les droits du peuple. Mais la faction des indépendans, toujours active, faisoit des coupables efforts pour rompre les négociations, et employoient la fraude et l'imposture pour tromper et séduire le peuple ; elle lui inspira tout le feu de son fanatisme, lui communiqua toutes ses fureurs et lui inocula tous ses poisons : il fallut donc continuer la guerre. Après quelques sièges entrepris de part et d'autre, après quelques actions livrées avec différens succès, les armées en vinrent à une bataille générale : l'histoire offre peu de combats où la victoire ait été disputée avec un courage plus égal. Charles fit des prodiges de valeur, et développa tout l'art d'un général consommé ; mais il fut vaincu par Cromwel. Le roi perdit son artillerie, ses bagages et ses papiers secrets. L'armée victorieuse parcourut les villes et les provinces, et les força à reconnoître l'autorité du parlement. Pendant que la guerre civile déchiroit l'empire, une troisième faction, nommée l'association *du club*, ravageoit les provinces d'occident. Ces sectaires vouloient conserver leur indépendance naturelle, et refusoient d'obéir à la nation, au roi et au parlement ; Cromwel les combattit et les dispersa. Il retourna ensuite à Londres gémir, sous un masque hypocrite, sur les maux qui affligeoient sa patrie.

Charles, après avoir long-tems erré au gré

des hasards, pénétra dans Oxfords; là, il recevoit à chaque instant la nouvelle d'une ville prise, ou d'une bataille perdue. Montrose qui avoit, au nom du roi, subjugué toute l'Ecosse, venoit d'être vaincu; Fairfax, après avoir taillé en pièces les troupes commandées par Hopton, s'approchoit d'Oxfords. Charles voyoit ses armées détruites, sa famille dispersée, ses amis et ses défenseurs expirans sur des échafauds ou dans les combats; cependant ce prince supportoit ses malheurs et ses revers avec autant de courage que de dignité; il se livra quelque tems à de tristes et profondes réflexions, et ne sortit de cet état de recueillement et de méditation, que pour se mettre sous la sauve - garde des Ecossais. Charles sortit d'Oxford, accompagné de deux confidens, se rendit dans le camp de ces perfides protecteurs, qui, sous prétexte de lui donner des gardes pour sa sûreté, le firent prisonnier et se hâtèrent d'en instruire le parlement.

Les puissances de l'Europe virent sans étonnement et sans alarmes, les malheurs et la captivité de Charles. Richelieu étoit occupé à humilier l'Autriche et à détruire le crédit et le pouvoir des seigneurs féodaux; ce ministre, aussi féroce et aussi tyran que Cromwel, applaudissoit peut-être à son audace et approuvoit en secret les crimes de cet usurpateur. Si Richelieu fut né en Angleterre, il eût tenté de faire, par ambition, cette révolution que Cromwel fit par fanatisme. Le ministre français devoit nécessairement admirer le génie du protecteur, et se réjouir de ses succès ; peut-être tourmenté par ces passions, qui impriment de grands mouvemens aux caractères vigoureux, il cherchoit à profiter des foiblesses de Louis XIII, et de l'ascendant qu'il avoit sur l'esprit du monarque pour marcher sur les traces de l'usurpateur du trône britannique. La conduite extraordinaire de Richelieu dans le tems où il vouloît affermir le despotisme royal sur des usurpations et des assassinats, nous semble prouver la vérité de l'opinion que nous exposons ici : elle pourra paroître un paradoxe ou une chimère à ces hommes qui n'observent pas assez le génie et la marche des passions humaines.

An 1647. Les communes rendirent un décret qui déclara coupable de haute trahison quiconque protégeroit le roi en lui donnant un asyle. Charles envoya des députés pour renouveler ses propositions de paix. Les communes insistèrent à exiger l'abolition de l'épiscopat;

les négociations furent rompues. Ici, s'éleva
une contestation bien odieuse entre l'Ecosse
et l'Angleterre. Il faut observer que les
troupes écossaises étoient purement auxi-
liaires, et à la solde du parlement britannique ; il leur étoit dû des arrérages dont
elles désespéroient d'être jamais payées,
lorsque la malheureuse destinée de Charles
le mit volontairement au pouvoir des Ecossais ; ils le regardèrent comme un gage,
comme une sûreté de ces mêmes arrérages.
Les Anglais réclamèrent le prince captif,
parce qu'il avoit été fait prisonnier en Angleterre ; les Ecossais refusèrent de le livrer
sous prétexte que Charles étoit leur roi, et
qu'ils avoient le droit de le juger ; enfin,
l'avarice et la bassesse terminèrent cette
lutte scandaleuse. Les Ecossais livrèrent
Charles, et les arrérages furent payés. Ce
prince fut remis à des commissaires nommés
par les communes. Cromwel le fit conduire
dans un fort, où il fut étroitement resserré :
le roi n'étoit encore prisonnier que du parlement, qui ne vouloit point verser son
sang, il demandoit que Charles abolit l'épiscopat, et qu'il jura de maintenir la liberté
et les droits du peuple ; mais ce parlement
étoit bien près de sa destruction, sa disso-

5

lution devoit préparer de grands et terribles
événemens.

Gromwel s'environnoit d'un voile impé-
nétrable à l'œil le plus perçant, et déconcer-
toit tous ceux qui cherchoient à découvrir ses
secrets et à descendre dans sa conscience ; il
n'avoit ni confidens ni amis, parce qu'il redoutoit les imprudences des uns , et les trahisons
des autres ; il cachoit même à son gendre
Ireton , qu'il aimoit beaucoup , ses projets.
Cromwel comprit que pour parvenir à séduire
et à subjuguer une nation superstitieuse , il
falloit se parer de l'éclat de toutes les vertus ;
et que pour exécuter ses vastes entreprises ,
il devoit employer et épuiser toutes les ruses
et tous les artifices d'une hypocrise profon-
dément calculée. C'est ainsi que cet habile
imposteur sut se rendre maître absolu de
l'armée dont il étoit à-la-fois le général , le
magistrat et le directeur. Il lui fut facile de
tromper Fairfax : ce guerrier avoit la férocité
du courage ; mais il ne connoissoit point l'art
de l'intrige , ni les méfiances d'un courtisan ambitieux.

Les communes commencèrent à redouter
les usurpations et le despotisme de l'armée ,
qui tentoit déjà d'introduire dans l'état le
gouvernement militaire ; elles délibérèrent

de la licencier. Cromwel vit dans cette dé-
termination la chûte de sa puissance ; cependant il sut dissimuler son courroux et enchaîner sa vengeance, en paroissant approuver
ce décret ; mais par des machinations secrètes
il excitoit l'armée à se révolter, sous prétexte
de quelques arrérages qui lui étoient dus.
Cette armée se réunit par un serment fédé-
ratif ; elle devint bientôt une démagogie
militaire, où chaque soldat croyoit avoir le
droit de commander et de créer des lois.
Cette milice de janissaires, le fer à la main,
déclara qu'elle avoit le pouvoir de régler l'administration civile, et de changer la constitution de l'état. Les communes envoyèrent
des députés aux officiers généraux, pour les
inviter à faire cesser ces divisions, propres à
rompre la confiance et l'harmonie nécessaires
entre le corps législatif et l'armée, pour parvenir à détruire le despotisme royal, et à
défendre les droits du peuple. L'armée en-
hardie par cette démarche, dictée par la
crainte et la foiblesse, nomma des commissaires chargés de créer une nouvelle constitution. Cromwel dirigeoit tous ces mouvemens et toutes ces opérations. Les communes
se contentèrent d'opposer un pouvoir moral
à cette force physique, pouvoir qui ne peut

rien sur l'opinion dans un tems d'anarchie
et d'usurpation. Elles voulurent licencier
l'armée ; elles ordonnèrent à quelques régimens de partir pour l'Irlande. L'armée demanda la dissolution du parlement : ces séna-
teurs qui vouloient s'ensevelir sous les ruines
de la patrie, et qui avoient juré de répandre
leur sang pour la défense des lois et pour le
maintien de la liberté publique, tremblent ;
et ces vils esclaves sont prêts à abandonner
lâchement leurs fonctions, et trahissent avec
scandale les intérêts du peuple, dans l'espoir
de se soustraire à la honte et aux supplices.
Voilà donc les indépendans qui méditent la
destruction de puritains : plut au ciel que
tous ces sectaires féroces se fussent égorgés
les uns les autres, et que la paix, la liberté,
la souveraineté nationale eussent pu s'affermir sur les ruines de ces deux sectes ennemies
de la justice et des droits du peuple. Les
presbytériens, soit par ambition, soit par
inconstance, soit par jalousie, abandonnèrent leurs anciens principes ; ils se réunirent au conseil commun de Londres, pour
défendre l'autorité royale et les priviléges du
parlement, et les droits de la nation. Cromwel fit ensuite enlever le roi, et le confia à
l'armée.

Le parlement, cette ancienne idole du peuple, étoit devenu l'objet de la haine publique : ce sénat qui reprochoit au roi de faire des emprunts et d'établir des taxes pour opprimer ses sujets, multiplioit ses usurpations et ses actes de despotisme ; il violoit le droit sacré des propriétés, et vendoit à prix d'argent son crédit et sa protection. Cependant, comme dans les grandes cités la multitude ne se conduit que par l'impression qu'elle reçoit de son chef, elle prit les armes ; la milice commandée par le général Mussey se réunit aux insurgés. Les troupes aux ordres du parlement étoient dispersées. Cromwel se trouvoit aux portes de Londres. Cet hardi imposteur annonça qu'il venoit pour protéger le parlement et punir les auteurs de la révolte ; on entra en négociation : l'armée joua exactement avec le parlement le rôle que ce sénat avoit joué avec le roi. Plus les indépendans obtenoient des concessions, plus ils exigeoient de nouveaux sacrifices ; cependant, par une déférence momentanée pour le corps législatif, les *indépendans* s'éloignèrent de la ville, conduisant Charles en captivité. Cromwel, qui n'avoit pas peut-être alors formé le projet de faire périr le roi, étoit attentif à lui rendre ses respects et ses hom-

mages, et laissoit à sa famille et à ses amis
la liberté et la consolation de le visiter. Ce
farouche vainqueur parut même s'attendrir
en voyant cet infortuné monarque caresser
ses enfans, et les exhorter à supporter avec
fermeté les disgraces du sort. Il proposa
qu'on permit à Charles d'exercer quelques
fonctions de la puissance royale, et joignant
l'ironie à l'outrage, il indiqua de préférence,
comme un des plus anciens usages de la monarchie, celui de toucher les écrouelles.
Charles fut en effet conduit dans une tante ;
il y toucha quelques malades qu'attira leur
confiance, mais que l'espoir du miracle
abusa. Le parlement irrité de ce frivole appareil, le déclara superstitieux, et défendit
sous peine de mort, de recourir désormais à
un remède imaginaire. On ne sait ce qui
nous doit le plus étonner, ou de cette bizare
et inutile cérémonie, ou de cette loi de sang
qui en prohiboit l'introduction. Cromwel
entra ensuite en négociation avec le roi,
qui lui offrit de partager l'autorité souveraine : on ne connoit point les causes qui
firent rompre cette négociation ; les historiens ne donnent à cet égard que des notions
confuses et des conjectures vagues. Qu'il
nous soit permis d'exposer notre opinion sur
cette partie intéressante de l'histoire.

Cromwel, avant l'époqué dont il s'agit, n'a voit formé d'autre projet que de créer une nouvelle constitution et de nouvelles lois ; il vouloit se placer au rang des grands législateurs, et de ces guerriers fameux qui ont étonnés l'univers par leurs conquêtes et leurs triomphes ; il vouloit établir sa renommée, sa grandeur et sa puissance sur ces entreprises vastes, et ces grandes opérations qui étonnent, subjuguent le vulgaire, et fixent ses regards et son admiration ; mais les facultés humaines ont des bornes, et il existe dans la nature, dans les sociétés politiques et dans les empires, des barrières que la force du génie, les fureurs de l'ambition, les talens de la politique, le bonheur des destinées et les ardeurs du fanatisme ne sauroient ni franchir, ni renverser. Il étoit impossible à Cromwel de prévoir cette chaîne de hasards et d'événemens heureux, qui lui assurèrent dans toutes ses entreprises, ces succès qui surpassoient ses espérances. Il ne pouvoit point se flatter de monter sur un trône héréditaire, qu'il falloit conserver par la terreur, et affermir par la tyrannie et par les crimes. Ce fut au moment où Charles devint son captif que l'audace et l'ambition de Cromwel se développèrent dans toutes leurs fureurs et qu'il

s'occupa de franchir l'espace qu'il y avoit
entre le trône et lui. Ce qui nous confirme
dans cette opinion, c'est la certitude où
l'on est que le projet de faire périr Charles
lui fut suggéré par son gendre Ireton dans
un moment où, embarrassé de sa propre
puissance, il délibéra, pour la première
fois, sur l'usage qu'il en feroit. Pourquoi
donc, dira-t-on, si Cromwel n'aspiroit qu'à
des grandeurs et à l'exercice du pouvoir souverain, n'accepta-t-il pas les offres que lui
faisoit son roi? Il est facile d'expliquer le
motif qui dût diriger la conduite politique
de Cromwel : il falloit d'abord rétablir
Charles dans la plénitude des droits de son
autorité; concilier des sectes ennemies par
principe et par haîne; détruire le pouvoir
du parlement pour le partager ensuite avec
le roi. Mais en divisant la souveraineté,
Cromwel pouvoit perdre l'amour et la confiance d'un peuple inconstant, factieux et
d'une armée fanatique et indisciplinée. Tous
les ordres de l'état auroient vu avec scandale
et avec effroi un usurpateur à côté d'un roi
légitime, et le trône occupé tour-à-tour par
un prince vertueux et un scélérat hypocrite.
Une nouvelle révolution étoit inévitable.
Cromwel eût peut-être expié sur un écha-

faud ses imprudences, son audace, son usurpation et ses crimes. L'histoire moderne ne
nous offre aucun exemple d'une pareille association. L'empire romain dût à une institution semblable ses malheurs et sa dissolution.

Cromwel fit entrer son armée dans Londres ; le parlement n'opposa aucune résistance : Charles fut conduit à Homptoncour
où il fut étroitement gardé. Les négociations
recommencèrent, et les communes renouvelèrent leurs anciennes propositions. Le
roi, qui vouloit traiter directement avec
Cromwel, rejetta les offres suspectes du
parlement ; il s'échappa ensuite secrètement,
accompagné de deux gentilshommes, et se
réfugia dans l'ile de Wight, sous la sauve-
garde de Hamond, qu'il croyoit royaliste,
mais il étoit un favori de Cromwel. Hamond
informa le parlement de la retraite de Charles:
les négociations furent reprises ; les conditions préliminaires étoient, 1°. qu'on établi-
roit une milice nationale ; 2o. que les pairs,
créés depuis la guerre, seroient privés du
droit de siéger au parlement ; 3°. que les
deux chambres auroient le droit de s'ajourner
suivant leur bon plaisir ; 4°. que Charles ac-
corderoit une amnistie générale. Les intri-

gues et les factions des indépendans firent rompre ces négociations.

Les Ecossais, livrés à des remords tardifs, prirent les armes pour défendre le roi. Le duc d'Hamilton et le duc d'Osmond proposèrent un traité où Charles s'engagea solemnellement à confirmer le gouvernement presbytérien pendant huit années. Il fut stipulé que les affaires de religion seroient réglées dans des synodes composés des théologiens de deux royaumes. Les Ecossois s'obligèrent à lever une armée pour combattre les ennemis de Charles. Le parlement, instruit de ce traité, ordonna à Hamond de resserrer le roi dans sa prison, et délibéra qu'à l'avenir il ne lui seroit envoyé ni adresse, ni message. Cependant le traité avec les Ecossais vint ranimer l'espoir des royalistes; les infortunes de Charles commençoient à exciter la pitié publique. Ce changement dans les opinions, cette création rapide d'esprit public, sembloient annoncer un nouvel ordre de choses, toutes les provinces se soulevèrent, mais au lieu de se réunir pour concerter un système suivi d'opérations générales, et de nommer un chef intrépide et éclairé, on ne forma que des armées partielles, et on se jetta dans des entreprises vagues. Des obs-

tacles et des lenteurs découragèrent les uns
et intimidèrent les autres ; de sorte que
toutes ces petites armées furent dispersées
par la valeur et l'activité de Cromwel. Cet
heureux usurpateur continua à vaincre et
à conquérir : il partit pour combattre les
Ecossais. Les royalistes profitèrent de son
absence pour fortifier leur parti ; ils firent
de nouveaux efforts pour réconcilier le roi
avec le parlement, pour rétablir la constitution de l'état, et le règne des lois. Tout sembloit annoncer une heureuse révolution ;
Cromwel étoit prêt d'être livré à la justice
et à la vengeance des lois ; la monarchie,
si long-tems agitée, alloit peut-être se re-
placer sur ses antiques fondemens ; mais les
communes furent si obstinées dans leurs prétentions, le roi si invincible dans son refus
à supprimer l'épiscopat, les conférences traî-
nèrent si long-tems en longueur, que l'armée
triomphante reparut avant la conclusion du
traité.

Cromwel, toujours victorieux et toujours
heureux, vit qu'il étoit tems d'affermir sa
puissance et de monter sur le trône qu'il vouloit ensanglanter. Son ame calcula et se fa-
miliarisa avec le crime ; un attentat de plus
ne pouvoit l'effrayer ; il demanda au parle-

ment, au nom de l'armée, qu'on fit le procès au roi, comme le meurtrier et l'oppresseur de son peuple. Les communes, frappées de terreur, refusèrent d'être complice de cet assassinat; mais le farouche tyran ne se déconcerta point, il entra dans Londres, à la tête de son armée, fit arrêter les membres qui avoient refusé d'obéir à ses ordres, les déclara traîtres à la patrie et perturbateurs de l'ordre public; dénonça leur parti comme une ligue coupable qui vouloit perpétuer l'anarchie et la guerre; il s'associa tous ces lâches satellites qui avoient vendu leur conscience à l'usurpateur. Cromwel réunissoit la cruauté d'un tyran à la bassesse d'un infâme hypocrite; il s'écria, dans la chambre des communes: " Hélas ! si quelqu'un m'eût
  „ communiqué le projet de punir le roi, je
  „ l'aurois regardé comme un insigne traître;
  „ mais depuis que la Providence et la néces-
  „ sité vous obligent à cette rigueur, je prie
  „ Dieu qu'il vous éclaire ; pour moi, je ne
  „ me sens pas assez inspiré pour vous con-
  „ seiller dans cette importante affaire ; je la
  „ crois juste, et pense que le ciel veut la
  „ punition de ce prince : car l'autre jour
  „ offrant des vœux ardens au ciel, tout-à-
  „ coup ma langue s'attacha à mon palais,

,, ce qui prouve qu'il est maudit du sei-
,, gneur. ,,

Ce tribunal, composé des satellites de An 1649.
Cromwel, décida qu'un roi d'Angleterre qui
avoit pris les armes contre le parlement,
étoit coupable de révolte et de haute-trahison. On créa une cour de justice chargée de
juger le roi. Ce nouveau tribunal, composé
de soixante-douze membres, fut présidé par
Bradshaw, homme de loi ; Cooke futnommé
procureur-général de la nation ; Dorislaus,
Steele et Aske, furent nommés assesseurs.
Il accusa Charles Stuard d'avoir formé le
détestable projet de renverser les lois fondamentales de l'état, et de détruire la liberté
nationale, pour y substituer un gouvernement arbitraire et tyrannique ; d'avoir entrepris contre son peuple une guerre sanglante ;
d'avoir épuisé le trésor public et ruiné le
commerce ; enfin d'avoir fait périr un grand
nombre de citoyens, et d'avoir produit une
multitude de maux de toute espèce.

Charles comparut devant ce tribunal, préparé par des conseils secrets, tenus dans la
maison de Cromwel. Ce prince ne voulut point répondre à l'accusation, malgré
les différentes sommations qui lui furent
faites, et protesta contre l'illégalité d'un

tribunal qui n'avoit aucun droit de le juger, et refusa constamment de reconnoître
sa jurisdiction. L'avis le plus général étoit
de déposer le roi, et de le condamner à une
prison perpétuelle, comme Edouard II, en
1326, et Richard II, en 1390; mais Cromwel
força ses satellites à prononcer l'arrêt de
mort. Bradshaw, président, adressa au roi
un discours très-long, et rempli de ci'ations
de l'évangile; il suffira d'en rapporter l'esprit
et la substance. " Charles Stuard, la cour
„ devant laquelle vous avez été traduit en
„ jugement, remplit en ce moment un de-
„ voir pénible, mais auquel ses fonctions
„ augustes ne lui permettent point de se re-
„ refuser; organe des lois au-dessus des-
„ quelles vous avez cherché criminellement
„ à vous élever, en méconnoissant et leur
„ supériorité sur vous, et celle du peuple
„ sur elles, notre devoir est de leur rendre
„ hommage et de vous rappeler des maximes
„ dont l'oubli est malheureusement le crime
„ trop ordinaire des rois. Ce sont les peuples
„ qui, dans l'origine, ont fixé là forme du
„ gouvernement sous lequel ils voulurent
„ vivre : eux-mêmes ont prescrit à leurs
„ gouvernans la manière dont ils voulurent
„ être gouvernés. En les plaçant à la tête

„ des affaires , ils n'ont abdiqué ni perdu le
„ pouvoir qu'ils leurs avoient confié ; ils se
„ sont réservés celui de réformer les lois,
„ quand les besoins de l'état l'ont rendu né-
„ cessaire, et de destituer leurs gouvernans
„ même , lorsqu'un cri général redemande
„ le dépôt dont ils abusent, et dont ils doi-
„ vent rendre compte. Le roi sans doute est
„ plus grand qu'aucun de ses sujets , mais il
„ est moindre qu'eux tous ensemble : il n'a
„ point d'égal dans son royaume , mais ce
„ n'est que tant qu'il est roi ; et il cesse de
„ l'être , aussitôt que la multitude le trouve
„ indigne de ce titre. Dans la plénitude
„ même de sa puissance , il a Dieu , les lois
„ et les barons au-dessus de lui ; ces derniers
„ ont souvent mis un frein à son autorité.
„ Par-tout et dans tous les tems on a senti
„ la nécessité d'établir entre le peuple et le
„ roi un pouvoir capable de protéger l'un,
„ et de réprimer les attentats de l'autre ;
„ telle fut la fonction du grand juge de *Cor-*
„ *tés* , en Espagne , et des éphores à Lacé-
„ démone. Ainsi les tribuns à Rome faisoient
„ rendre compte aux consuls des abus de
„ leur autorité ; ainsi Louis le débonnaire
„ fut déclaré pour un tems , par les états de
„ son empire, incapable de régner ; ainsi

,, Charles Legros, chassé de son palais, et
,, mis en tutelle par les Saxons, tomba du
,, trône dans l'infortune la plus profonde;
,, ainsi les grands de France, assemblés à
,, Noyon, donnèrent la couronne aux capets,
,, et méconnurent le sang de Charlemagne
,, dans la race abbâtardie d'un héros; ainsi
,, votre pays même, l'Ecosse exclut de son
,, trône les deux fils mineurs de Fergusius,
,, son premier roi, pour y placer leur oncle,
,, et dans la suite le second de ses neveux,
,, au préjudice de l'aîné; ainsi votre grande
,, mère fut rejetée, et votre père encore
,, enfant fut adopté par le peuple. S'il a laissé
,, son cours au droit de naissance dans les
,, successions, il l'a détourné quelquefois,
,, et nos rois ont successivement reconnu,
,, dans les cérémonies de leur sacre, et dans
,, leur serment, que le véritable fondement
,, de ce droit est dans l'aveu de la nation.
,, Ce serment qui lie les peuples aux rois,
,, lie de même les rois aux peuples; c'est un
,, engagement réciproque et redoutable à
,, celui qui le rompt: vous l'avez enfreint;
,, vous avez médité la ruine du parlement,
,, c'est avoir d'une seul coup médité la perte
,, de la nation, c'est avoir formé dans votre
,, cœur le vœu de ce tyran de Rome, qui

,, souhaitoit que son peuple n'eût qu'une
,, tête, pour l'abattre d'un seul coup. Vous
,, avez plongé l'Angleterre dans une abîme
,, de maux, il a fallu le bras du Tout-puis-
,, sant pour y mettre fin ; l'écriture l'a dit :
,, Absoudre le coupable est une abomina-
,, tion égale à celle de condamner un in-
,, nocent. Tous les meurtres commis de-
,, puis la division que vous avez fait naître,
,, vous doivent être imputés ; vous devez
,, en répondre au tribunal de la nation ;
,, vous allez en répondre au tribunal plus
,, terrible de Dieu. C'est à vous à profiter
,, du tems qui vous reste pour le fléchir
,, par vos remords. ,,

La nation frémit à cet arrêt de mort : il
n'étoit point son ouvrage ; c'étoit à elle à
accuser, à juger, à condamner le roi. Frappée
par la terreur, esclave d'un tyran féroce et
usurpateur, elle se contenta de verser quelques larmes stériles et d'invoquer le ciel.
Les presbytériens, dit un écrivain célèbre,
fournirent la hache qui coupa la tête au roi,
et livrèrent la victime toute prête aux indépendans, qui l'égorgèrent. Charles reçut la
mort sans foiblesse comme sans obstenta-
tion ; il pardonna à ses juges et bénit ses
bourreaux. Charles étoit sans doute coupable,

il avoit violé les lois constitutionnelles de l'état, opprimé la liberté des citoyens; exercé une autorité despotique; il avoit méconnu les droits du peuple, créé des emprunts et imposé des taxes sans la sanction du parlement; il avoit voulu établir, par la force des armes, une lithurgie religieuse généralement reprouvée, et enchaîner les consciences par la crainte et par la terreur; il avoit alimenté le fanatisme et fortifié les haines et les factions. Charles méritoit de perdre le trône : tout roi qui rompt l'alliance qui l'unit à son peuple est indigne de régner; la violation du pacte social anéanti ses droits; mais Charles ne pouvoit être accusé, jugé et condamné que par la nation ou par ses représentans; eux seuls pouvoient exercer cet acte terrible, mais nécessaire, de justice. Le tribunal qui condamna Charles ne fut point institué par le peuple, il ne pouvoit point connoître de la violation du pacte social, ni juger un crime national; il n'en avoit ni le droit, ni le pouvoir, ni le mandat. Cromwel avoit établi ce tribunal féroce qui exerça, en son nom, une magistrature inique et usurpatrice. Si le peuple ou ses représentans eussent jugé Charles, les historiens ne se seroient point élevé, avec les cris de l'indignation, contre ce jugement national, parce que le peuple, dans l'exercice de sa souveraineté et dans l'appareil de sa puissance, est toujours juste. S'il a été trompé, on doit gémir sur ses erreurs, mais il faut toujours reconnoître son indépendance et respecter son autorité, puisqu'il est la source de tous les pouvoirs. L'histoire a flétri d'un opprobre éternel les juges qui ont prononcés la mort de Charles, parce que la nation ne leur avoit donné ni délégué ce droit ; elle les a placés au rang de ces brigands et de ces assassins qui ont outragés les lois, la justice et l'humanité.

Au milieu des secousses violentes qui ébranloient l'état, Charles méconnut les bornes qui limitoient son autorité : il ne vit point qu'une révolution qui tendoit à changer la forme du gouvernement devoit détruire les anciens principes, les anciennes opinions, et les anciennes habitudes ; il regardoit les droits dont ses prédécesseurs avoient joui, comme liés et inhérens à la constitution ; il crut qu'il étoit de sa dignité et de son intérêt de n'en céder aucun : il ne considéroit point que cette même constitution et ces mêmes droits, ayant une origine humaine, étoient sujets aux mêmes

6 *

changemens que les autres institutions. Lorsque les idées d'indépendance germent dans un état, elles doivent nécessairement produire une grande explosion. Un peuple qui connoît ses droits veut les exercer : il ne voit pas même qu'il en passe les limites, et que cette transgression peut le conduire à l'esclavage et à la misère. Il y a des époques fixées par la nature où la liberté parcourt les empires, et éclaire les peuples : il faut qu'elle termine ses travaux par des événemens importans et extraordinaires, rien ne peut résister à sa puissance et à sa force : l'indépendance des nations doit suivre le despotisme des rois, et les républiques doivent s'établir sur les débris des monarchies. C'est un cercle inévitable : la tyrannie, l'oppression et la force militaire ne peuvent suspendre ni arrêter ce travail de la nature et de l'esprit humain.

Charles n'avoit ni la force du génie, ni la grandeur du caractère ; il étoit bon, sensible, généreux, bon ami, bon père, bon mari ; sa dignité étoit sans orgueil, sa bravoure sans témérité, sa tempérance sans austérité, son économie sans avarice ; mais ces inclinations bienfaisantes étoient obscurcies par des manières peu gracieuses ; sa

piété approchoit de la superstition : il eut
des idées fausses sur l'étendue de son autorité; peut-être s'il eût trouvé les bornes de
la prérogative royale , fixes et bien établies,
son intégrité lui auroit fait respecter comme
sacrées les limites de la constitution. Sans
fermeté et sans politique , Charles excita les
passions de ces redoutables communes , qu'il
pouvoit réprimer par des moyens de force,
ou séduire par des mesures politiques ; et
c'est ainsi qu'on auroit prévenu une révolution opérée par les fureurs et les vengeances
des sectaires , par la haîne , l'ambition et les
crimes du parlement , par la superstition du
peuple , par l'hypocrisie et la férocité de
Cromwel , par les erreurs , les imprudences,
les foiblesses de Charles , par le zèle indis-
cret de ses ministres et par les caprices de
ses favoris.

Les puissances de l'Europe virent sans
étonnement cette révolution : elles recon-
nurent et complimentèrent un usurpateur et
un meurtrier. Basyle , qui regnoit en Russie ,
fut le seul souverain qui manifesta son indignation sur la mort de Charles; il chassa
les Anglais d'Archangel , et leur interdit
tout commerce avec ses états. Le grand-
visir de Mahomet IV , instruit de la mort de

Charles, dit au drogman de la nation anglaise " Il faut ou que votre roi fût sans pou-
,, voir, ou que les Anglais soient la plus
,, atroce de toutes les nations, pour qu'une
,, action aussi horrible ait pu se commettre.
,, Voyez, ajouta-t-il, notre déférence ; voyez
,, notre admiration pour les ordres de notre
,, souverain, à qui la moitié de l'univers
,, obéit avec un respect non moins aveugle. ,,
-- " Seigneur, lui répondit le drogman, je
,, n'entrerai point dans le détail de ce crime,
,, je vous dirai seulement que notre roi a été
,, mis à mort quelques semaines après que
,, le sultan Ibrahim, père de l'empereur
,, actuel, fut déposé et étranglé sur le refus
,, de satisfaire à trois sommations juridi-
,, ques de comparoître devant la justice,
,, pour rendre compte de sa conduite à ses
,, sujets. ,,

La dissolution de la monarchie suivit bientôt la mort du monarque ; dans ce tems de
calamités et de crimes, le parlement, sans
consulter le peuple, s'empara de tous les
pouvoirs, se déclara le défenseur des lois et
de la liberté publique ; publia un décret qui
condamnoit à mort quiconque contribueroit
directement ou indirectement à faire proclamer roi Charles, prince de Galles, et

dénonça le duc d'Hamilton , le comte de
Holland , et le lord Capel comme les ennemis
de la patrie : ils furent condamnés à mort.
Pour ôter aux deux fils de Charles , qui étoient
à Londres , tout espoir de grandeur , on les
destina à l'apprentisage d'un métier ; le parlement ordonna la démolition de tous les
monumens qui portoit l'empreinte de la
royauté , fit abattre la statue de Charles , et
graver sur le piedestal cette inscription :
Exiit tyranus , regum ultimus , le tyran a
disparu , c'est le dernier de nos rois. La
chambre des pairs fut ensuite supprimée :
la noblesse perdit ses droits et ses prérogatives ; condamnée à des occupations qui ne
peuvent inquiéter l'œil vigilant de l'usurpateur , elle n'eut de ressource que dans la
philosophie et dans la culture de l'esprit :
tels avoient été les travaux des premiers personnages de l'Europe , dans le feu des guerres
civiles de Sylla , de César et d'Auguste. Le
génie anglais , électrisé pour ainsi dire par
le choc des révolutions , se tourna vers les
sciences et les lettres ; il y porta cette chaleur
vivifiante qui tout-à-coup produisit des chef-
d'œuvres dans tout les genres. Leur état
florissant sous Auguste , sous les Médicis ,
sous Louis XIV , fut l'ouvrage des troubles

qui avoient précédé ces brillantes époques.
Dans ces tems de fermentation, des événemens heureux ou malheureux, mille fois
répétés, étendent les idées en portant les
passions au plus haut degré de force et d'é-
nergie, fortifient l'ame, augmentent son
ressort, et lui inspirent ce desir de gloire qui
ne manque jamais de produire de grandes
choses. C'est ainsi que l'astre du jour, après
avoir dissipé les ténèbres qui obscurcissoit
l'horizon, paroît dans tout son éclat, vivifie
et féconde toute la nature.

Les communes vouloient établir sur les
ruines de l'ancienne constitution une république dont elles formeroient le sénat; mais
la nation étoit divisée en une infinité de
sectès livrées à l'extravagance des systêmes
et des spéculations politiques. La secte des
presbytériens, composée des puritains et des
indépendans, demandoient l'établissement
d'un gouvernement démagogique, et l'abolition de la religion anglicane. Les milienaires
soutenoient qu'il falloit accorder le pouvoir
à la sainteté; ils attendoient le second avène-
ment du messie, et croyoient qu'alors les
saints gouverneroient la terre. Les *levellers*
ou *applanisseurs* vouloient une égale distri-
bution d'autorité, de fortune et de propriété.

Tout étoit délire et confusion. L'anarchie
présente des images effrayantes ; toutes les
bases du gouvernement sont dérangées ; les
anciennes règles n'existent plus ; les lois
dorment ; les fonctions de la justice sont
interrompues ; l'exactitude , la célérité , l'é-
conomie deviennent impossibles dans l'exercice de l'administration ; elle se blesse même,
et sans cesse contrariée , elle attaque toutes
les propriétés qui reposoient autrefois sur des
fondemens solides. Ainsi l'homme , en voulant éviter un précipice , tombe dans un
autre. Cependant on peut fléchir un despote ,
on peut éclairer un tyran ; mais rien n'arrête
et n'instruit une multitude forcenée , qui fait
de ses passions violentes et aveugles , autant
de lois qui sont détruites le lendemain par
des lois plus absurdes encore. L'anarchie est
donc ce qu'il y a de plus à redouter ; c'est la
maladie la plus grave dont puisse être atteint
le corps politique. Il y a anarchie , lorsqu'on
viole la constitution ; il y a anarchie , lorsque
des citoyens factieux attaquent le pacte social ; il y a anarchie , lorsque les propriétés
ne sont point respectées et les formes de la
justice observées ; il y a anarchie , lorsque
l'homme puissant trouve dans la corruption
l'impunité de ses crimes ; il y a anarchie , lors-

que de vils et odieux spéculateurs s'engrais-
sent de la substance du peuple et insultent
aux calamités publiques; il y a anarchie,
lorsque les principes de la morale et de la religion ne sont point unis au système de la
législation civile; il y a anarchie, lorsque
les lois ne protègent point la liberté des
cultes; il y a anarchie, lorsque des hommes
inquiets et pervers calomnient les législateurs, les exécuteurs, les dépositaires et les
organes des lois.

Il n'y avoit que l'armée qui pût créer une
forme de gouvernement; Cromwel comprit
qu'il falloit s'emparer de la force militaire :
il se flattoit de parvenir, par ses chimères
politiques et ses extases religieuses, à séduire cette armée qui, par intérêt ou par
reconnoissance, ne manqueroit point de lui
confier le pouvoir souverain. Le parlement
forma ensuite un conseil d'état, destiné à
veiller à l'exécution des lois, et à donner des
ordres aux officiers de l'armée. Cromwel
parut favoriser l'établissement de ce nouveau
sénat; il obtint le titre de lieutenant en Irlande, qu'il subjugua avec une rapidité inconcevable.

Les Irlandais, bons soldats en France et
en Espagne, ne montrent pas un grand cou-

rage lorsqu'ils se battent dans leur pays ; les
Anglais ont toujours eu sur eux la supériorité
du génie, des richesses et des armes. Jamais
l'Irlande n'a pu secouer le joug de l'Angleterre, depuis qu'un simple seigneur anglais
la subjugua. Cette nation n'a point de caractère ; elle est inconstante : le moindre revers
l'abat, et le cabinet de Londres la domine.
Le catholicisme, qui règne dans cette contrée, en rend les habitans sans force et sans
courage.

Charles, prince de Galles, étoit à la Haye,
auprès du prince d'Orange, son parent ; il
se fit proclamer roi d'Angleterre ; les seigneurs, qui l'avoient accompagné dans sa
fuite, lui prêtèrent serment de fidélité. Les
états-généraux, redoutant ces communes si
formidables dans leur pouvoir et si heureuses
dans leurs entreprises, délibérèrent de leur
livrer Charles. Ces fiers bataves, qui venoient de briser les fers de l'esclavage,
devoient sans doute détester le gouvernement monarchique, et voir avec effroi un
roi qui vouloit relever et affermir le trône
sur les débris d'une république : ils furent
conséquens dans leurs principes en refusant
de secourir un prince ennemi par intérêt,
par système, et par politique des états répu-

blicains. Charles eût bien desiré de passer
en France; mais que pouvoit-il espérer d'une
cour déchirée par des factions, et qui avoit
violé une alliance fondée sur les bases de la
politique, et cimentée par les lois de la nature; déjà elle avoit envoyé à Cromwel un
ambassadeur pour féliciter ce meurtrier usurpateur, dont les mains étoient encore teintes
du sang qu'il avoit fait verser. Enfin Charles
résolut de partir pour l'Irlande, mais les
troubles qui vinrent agiter cette contrée, le
forcèrent d'abandonner ce projet.

Le duc d'Argyle gouvernoit l'Ecosse; il
pensoit que, pour terminer la guerre civile et
rétablir l'empire des lois, il falloit créer un
magistrat suprême, revêtu de la plénitude
de l'autorité souveraine; en conséquence, le
parlement d'Ecosse publia une proclamation
où il reconnut Charles II pour son roi légitime, à condition qu'il approuveroit le fameux *convenant*. Des députés furent envoyés
pour féliciter le prince et l'instruire des vœux
de la nation. Charles refusa d'abord d'accepter les conditions qui lui étoient impo-
sées; il connoissoit l'esprit d'inquiétude et
d'inconstance qui agitoit la faction presby-
térienne; il se rappelloit que cette secte avoit
vendu le sang de son père : Charles résolut

d'exécuter son premier projet d'aller chercher
en Irlande des soutiens et des défenseurs.
Déjà les royalistes et les catholiques irlandais s'étoient réunis pour rétablir la monarchie ; déjà le marquis d'Osmond, à la tête
d'une armée, s'étoit emparé de plusieurs
villes, et se préparoit à faire le siège de
Dublin. Le prince Rupert s'étoit réuni au
général irlandais ; mais Jones, qui commandoit dans la capitale, attaqua d'Osmond et
le vainquit ; Crote, gouverneur de Lodon-
dery, dispersa l'armée des royalistes : ces
revers et ces pertes forcèrent Charles à se retirer avec le duc d'York, son frère, dans
l'île de Gersey. Carteret, royaliste secret,
en étoit le gouverneur ; ce fut dans cette île
que ce prince fut instruit des succès et des
triomphes de Cromwel ; ce féroce guerrier
avoit subjugué l'Irlande et porté la terreur
de son nom dans toutes les provinces. Après
avoir donné le commandement de ce royaume
à son gendre Ireton, il partit pour Londres,
où Fairfax, dégoûté du personnage qu'on lui
avoit fait jouer dans le meurtre de Charles Ier.
se démit du commandement de général d'armée.

Montrose continuoit à parcourir les villes
et les provinces, pour défendre et fortifier la

cause de son roi ; il leva une armée , mais il fut
vaincu, et fait prisonnier par le général Lesley
qui le fit conduire à Edimbourg. Il fut jugé et
condamné à mort ; Charles perdit son plus
zélé défenseur et son meilleur ami. Le sang
de Montrose , qui sembloit annoncer une division éternelle entre les Ecossais et Charles ,
devint le gage sacré de la plus parfaite union.
Ce prince accepta les conditions qui lui a-
voient été offertes par les Ecossais ; il partit
pour Edimbourg où il fut proclamé roi. Cependant ce peuple inquiet et factieux cherchoit à lui imposer de nouvelles lois ; on
composa sa cour de ces rigides presbytériens ,
qui ne lui parloient jamais que pour outrager
la mémoire de son père , et qui ne cessoient
de citer des passages de la bible. Ces ridicules
et forcénés déclamateurs faisoient sans cesse
intervenir le ciel pour justifier la bizarrerie de
leur doctrine et la férocité de leurs mœurs.
Charles s'indignoit contre ces fougues religieuses ; alors ces fanatiques le dévouoient à
la damnation éternelle , et faisoient retentir
les airs de leurs imprécations et de leurs blas-
phèmes.

An 1651.   Cromwel, instruit du traité de Bréda , où
les Ecossais avoient reconu Charles pour leur
roi , partit pour l'Ecosse ; il s'avança vers
d'Ambur ; ordonna à ses soldats de chanter

les louanges de l'éternel; rencontra les en-
hemis et les tailla en pièces. L'Ecosse, conquise, perdit sa constitution; elle fut érigée
en république, et ne forma plus, avec l'Angleterre, qu'un seul et même état. Charles
profita des ténèbres de la nuit pour se retirer
à Dundée; les malheurs du jeune prince at-
tendrirent le comte d'Argyle; il se déclara
son défenseur, et leva une armée dont il
donna le commandement à Lesley. Cromwel
marcha contre ce général, le mit en fuite et
ravagea les provinces de l'Ecosse; Charles
échappa au carnage : sa fuite présente un
concours d'événemens dont le détail intéresse
et attendrit. Il se déguisa en paysan; poursuivi par les satellites de Cromwel, il se tint
caché dans un feuillage de chêne pendant un
jour. Dans cette situation pénible, il entendoit publier la proclamation qui proscrivoit
sa tête. Ce prince fut conduit, au milieu des
forêts et des précipices, dans la chaumière
d'un pauvre paysan, où il fut nourri pendant
quelque tems des mets les plus grossiers; il
fut confié à la générosité d'un gentilhomme
du comté de Straford. Sa fille remplit une
mission aussi honorable que difficile : elle fut
chargée de conduire le prince sur les bords
de la mer. Enfin, après avoir parcouru tous

les degrés de l'infortune, Charles trouva un vaisseau sur lequel il s'embarqua pour la France.

Les succès et les conquêtes de Cromwel le rendirent trop puissant, pour qu'il voulut s'abaisser long-tems à obéir au sénat qu'il avoit fait créer par l'armée ; ces mains farouches qui venoient de renverser le trône, étoient assez vigoureuses pour le relever, son ambition assez active pour le presser d'y monter, et son génie assez hardi pour lui promettre de s'y maintenir. Ce fut alors qu'il communiqua pour la première fois ses projets à ses confidens, qui excitèrent ses passions, en lui conseillant de nouveaux crimes. Tout sembloit inviter Cromwel à franchir cette dernière barrière. La tyrannie et la bassesse des membres qui composoient le parlement avoient attiré sur eux l'indignation publique ; et quelles que pussent être désormais les destinées de l'Angleterre, on ne voyoit rien de plus odieux et de plus terrible que l'existence de ce sénat vénal et prévaricateur, qui consacroit tous les crimes de la tyrannie populaire, et contemploit avec une joie féroce les maux de la patrie, qui s'agitoit dans des convulsions intestines, se déchiroit les entrailles, et se précipitoit en lambeaux san-

glans dans une putréfaction horrible. C'est
cette anarchie que Polybe appelle la sauvage
et féroce domination de la multitude.

L'Angleterre venoit de remporter quelques
avantages sur les Hollandais ; leur flotte avoit
été dispersée : ces succès avoient énorgueilli
les communes ; elles commencèrent à regarder les troupes de terre avec mépris , et affec-
tèrent pour la marine une préférence bien
propre à humilier l'armée. Cromwel ne tarda
pas à voir ces imprudences , et ne manqua
pas d'en profiter ; il les fit remarquer aux
principaux chefs , assembla un conseil de
guerre , où il montra la nécessité de mettre
un frein aux entreprises et aux usurpations
du parlement , et à créer cette autorité militaire destinée à défendre la liberté et les lois.
Cromwel échauffa tous les esprits : la perte
des communes fut résolue ; il se rendit au
parlement suivi de quelques troupes , lui
annonça que Dieu, voulant établir le règne
des saints , avoit résolu, dans les décrets de
sa divine providence, de le dissoudre ; et,
livrant ensuite les membres de ce sénat à
la fureur des soldats, il les fit entraîner loin
du palais , dont il ferma les portes. Telle fut
la fin de ce parlement odieux qui, tour-à-
tour esclave de Cromwel et oppresseur de

7

la nation, renversa la constitution, et livra l'état à toutes les fureurs de l'anarchie, et à toutes les calamités publiques. Il étoit juste que ce vil et exécrable sénat fût puni par ce même tyran dont il avoit flatté les passions et consacré les crimes.

An 1654. Cromwel, en détruisant le parlement et les lois, ne vouloit point sans doute perpétuer les désordres et la confusion, et livrer le vaisseau de l'état à une agitation perpétuelle; il vouloit régner, il ambitionnoit la gloire d'être investi de la plénitude de l'autorité souveraine pour créer une nouvelle législation et un nouveau gouvernement propres à consolider une révolution qui devoit le placer au faîte des grandeurs. Incertain de la dénomination qu'il donneroit à cet exercice réel de pouvoir, et n'osant prendre le titre de roi sans consulter et étudier les dispositions et les mouvemens de l'armée, il imagina une de ces folies qui paroîtroit incroyable, si elle n'étoit pas si récente, si authentiquement prouvée, et si on ne savoit point à quel degré de délire l'esprit humain parvient au milieu de ces bouleversemens qui agitent les corps politiques. Cet hardi imposteur publia que, dans une révélation, Dieu lui avoit apparu dans la personne du

père, et lui avoit confié l'administration du
gouvernement céleste. Il assembla quelques
députés d'Angleterre, d'Ecosse et d'Irlande,
et leur annonça que la providence les avoit
choisi pour former son saint parlement. Tous
ces personnages, élus immédiatement, sanc-
tifiés par la parole seule du nouveau pontife,
se placèrent gravement sur leurs siéges, et,
se regardant comme les oints du seigneur,
ils s'érigèrent en prophètes. Ces théocrates
législateurs abolirent les fonctions sacerdotales comme l'ouvrage de l'ante-christ et
du pape; détruisirent les lois anciennes,
comme émanant de la tyrannie des rois
damnés; supprimèrent les universités et les
autres établissemens publics où les sciences
étoient enseignées, comme étant le sémi-
naire de l'athéïsme. Après cette cérémonie,
aussi bizarre qu'odieuse, il parut à Cromwel
que ces saints réformateurs avoient fini leur
mission, et que l'esprit saint ne les éclai-
roit plus, il les dépouilla de leur autorité,
pour en faire des satellites précurseurs chargés d'annoncer ses ordres, et d'exécuter ses
volontés; mais comme parmi cette multitude de fanatiques imbécilles, il avoit ré-
compensé ceux qu'il avoit cru propres à être
les confidens de ses secrets et les complices

7 *

de ses usurpations, il les invita exécuter le
pacte d'alliance conclu entre le prophéte et les
apôtres; en conséquence, cette horde d'hommes vils et dégradés envoyèrent à Cromwel
des satellites qui se prosternèrent humble-
ment à ses pieds, et lui annoncèrent solemnellement que Dieu leur avoit ordonné de
remettre en ses mains l'autorité qu'ils en
avoient reçue. Alors le conseil militaire se
réunit aux magistrats civils; l'armée et le
sénat prièrent Cromwel d'accepter le titre
modeste de protecteur. Il fut déclaré le chef
suprême des trois royaumes. Cromwel fut
installé dans l'église de Westminster : on y
déposa les symboles de sa dignité, la bible,
un globe, une épée, une toque, un bonnet
d'écarlatte fourré d'hermine, furent les em-
blêmes et les ornemens de son nouveau
pouvoir : une fête splendide consacra la cérémonie, et jamais une égale magnificence
n'accompagna le couronnement des rois.

Il faut juger, dit Raynal, des révolutions
que produisent les guerres civiles par la
cause qui les fait naître. Lorsque l'horreur
de la tyrannie et l'instinct de la liberté
mettent à des hommes braves les armes à
la main, si la faveur de leur cause leur
donne la victoire, le calme qui succède à

cette calamité passagère, est l'époque du plus grand bonheur : toutes les ames ont acquis de l'énergie et l'ont communiquée aux mœurs. Le petit nombre de citoyens, qui ont été les témoins et l'instrument de ces troubles, réunit plus de forces morales que les nations les plus nombreuses : l'homme juste est devenu le plus fort, et chacun est étonné de se trouver à la place que lui avoit marquée la nature. Mais lorsque les guerres civiles ont une source impure, lorsque des esclaves se battent pour le choix d'un tyran, des ambitieux pour opprimer, des brigands pour partager les dépouillés, la paix qui termine ses horreurs est à peine préférable à la guerre qui les enfanta ; des criminels prennent la place des juges qui les ont flétris, et deviennent les oracles des lois qu'ils avoient outragées. On voit des hommes ruinés par leurs profusions et leurs débauches, insulter par leur faste insolent les vertueux citoyens dont ils ont envahi le patrimoine. Il n'y a dans ce chaos que les passions qui soient écoutées ; l'avidité veut s'enrichir sans travail, la vengeance s'exercer sans crainte, la licence écarter tout frein, l'inquiétude tout renverser ; de l'ivresse du carnage, on passe à celle de la débauche ; le lit sacré de

l'innocence ou du mariage est souillé par
le sang, l'adultère et le viol. La fureur bru-
tale de la multitude se plaît à détruire l'ouvrage de la création et de l'industrie. Ainsi
périssent en quelques heures les monumens
de plusieurs siècles ; si la lassitude, un épui-
sement entier, ou quelques heureux hasards
suspendent ces calamités, l'habitude du
crime, des meurtres, du mépris des lois qui
subsiste nécessairement est un levain toujours prêt à fomenter ; les généraux qui n'ont
plus de commandement, le soldat licencié
sans paie, le peuple avide de nouveauté,
dans l'espérance d'un meilleur sort, tout
s'agite, tout fermente : ces matières et ces
instrumens de trouble sont sous la main du
premier factieux qui saura les mettre en
œuvre.

Une autorité fondée sur la force et l'usurpation, un pouvoir établi dans un tems
d'anarchie et de superstition doivent nécessairement s'anéantir. La nature n'a point
créé les hommes pour être continuellement
les jouets et les victimes de l'oppression et
de la tyrannie. Si la nation, légalement
assemblée, eût détruit la monarchie et institué le gouvernement républicain, on auroit applaudi à cet acte de souveraineté, et

les historiens philosophes auroient célébré
cette révolution mémorable qui rétablissoit
le peuple dans ses droits si long-tems usur-
pés. Il est des vérités saintes qu'il faut souvent répéter pour les imprimer avec pro-
fondeur dans les cœurs des hommes : il faudroit même les graver sur des tables d'airain,
et les exposer dans les places publiques ,
afin que le peuple vienne y puiser la connoissance de ses droits et s'instruire du sentiment de sa force. Tout pouvoir émane de
la nation ; elle en est la source primitive : la
souveraineté lui appartient ; si elle ne peut
point l'exercer, elle la transmet , par délé-
gation , à des représentans qui jouissent de
l'autorité souveraine. Mais ici tout fut crime,
usurpation , anarchie. Le parlement n'avoit
pas le droit sans convoquer une convention
nationale , de détruire l'ancienne constitution de l'état , ni de créer un nouveau pacte
social , il ne pouvoit point donner à Cromwel cette autorité souveraine, dont il n'a-
voit ni la propriété , ni l'exercice , ni la dé-
légatation.

A peine Cromwel fut-il nommé protecteur, An 1655.
que le peuple le regarda comme l'oppresseur
de la patrie , et le meurtrier de son roi ; mais
comme sa férocité, son fanatisme, et le pou-

voir militaire dont il étoit armé, répandoient l'effroi, et imprimoient la terreur dans tous les esprits ; on obéissoit au tyran usurpateur, dans l'espoir d'en être bientôt délivré. Cromwel convoqua un nouveau parlement : ce fut dans cette assemblée qu'on examina la nature et l'origine de la constitution de l'état, des droits de la souveraineté, et des priviléges du peuple. Des hommes sans principes et sans sciences, substituèrent leurs conceptions bizarres, et leurs systêmes extravagans, aux véritables maximes qui doivent régir les sociétés politiques. Déjà on méditoit la chûte de l'usurpateur, pour établir la tyrannie populaire ; on demanda à Cromwel de quel droit il se trouvoit ainsi placé à la tête d'une république libre ; on lui reprocha la férocité de ses mœurs, et la tyrannie de son administration ; on affecta de ne lui rien communiquer des délibérations de l'assemblée. Les grands désastres font naître ordinairement un despote ; parce que quand il devroit abuser de ses forces, l'intérêt de la société exige qu'il frappe un coup violent pour substituer aux lois les passions fougueuses, destructives de tout ordre et de toute police : quand le mal est passé, il s'agit de détruire ce même despote ; il étoit un sauveur, il devient un

tyran, s'il ne dépose point l'épée qui l'a conduit au faîte de la puissance.

Cromwel fut instruit d'une conspiration
formée contre lui; il fit punir de mort Vovel
et le colonel Gérard; le même jour et sur le
même échafaud, périt dom Pantaleon-Spa,
chevalier de Malthe, et frère de l'ambassadeur de Portugal, meurtrier d'un citoyen de
Londres. Cromwel n'ignoroit point que ses
ennemis les plus actifs et les plus dangereux
étoient membres du parlement; il en prononça la dissolution, et livra les conspirateurs à la vengeance des lois et à la fureur
du peuple. Cromwel crut qu'il falloit cimen-
ter et affermir sa puissance sur l'oppression
et la terreur; il chercha à enchaîner indis-
tinctement tous les ordres de l'état; il divisa
l'Angleterre en plusieurs districts; créa dans
chacun de ces districts, des tribunaux militaires chargés de percevoir les impôts, et de
confisquer les biens de ceux qu'il appeloit
délinquans. Bientôt la nation se vit écrasée
sous le joug d'une oppression inconnue dans
les contrées asiatiques. C'est ainsi que dans
les horreurs de la guerre civile, le peuple
reçoit les fers de l'esclavage, en croyant
combattre pour sa liberté ou sa religion; cela
devoit être ainsi : il n'y a point d'exemple

dans l'histoire qu'un peuple ait jamais passé
de l'anarchie à la liberté. Pour faire cesser
l'anarchie, il faut une verge de fer; on ne
peut en sortir que par la tyrannie.

Cromwel ayant affermi son autorité sur ce
despotisme exécrable, exerça pendant deux
ans toute la plénitude de la souveraineté sans
convoquer le parlement; il employa ce tems
à des opérations militaires, qui semblèrent
relever sa gloire et la grandeur de l'empire
britannique. La nation qui, sous le règne de
ses deux derniers rois, avoit laissé presque
oublier son nom au-delà des mers, fut flattée
de le voir revivre avec éclat. Le protecteur
suivit le système politique d'Elisabeth; il
s'occupa à former des alliances, à déclarer
des guerres, à protéger les colonies, à tromper les puissances étrangères, et à se rendre
l'arbitre des destinées de l'Europe; il déclara
la guerre à la Hollande, conclut un traité de
paix avec la Suède, fit trembler le duc de
Savoye et la cour de Rome; attaqua l'Espagne dans ses possessions américaines,
dirigea les opérations du cabinet de Versailles, en ordonnant à Mazarin de ne point
persécuter les protestans; fit une alliance
avec la France, où Louis XIV promit d'ex-
pulser de ses états la famille de Stuard; châtia

les corsaires algériens, et les brigands de
Tunis; proclama ce fameux acte de navigation, que l'Europe a toujours regardé comme
la violation des droits et des intérêts des
nations, et attentatoire à la liberté générale.

Cet acte de suprématie maritime est une
tyrannie contre laquelle la nature, la raison,
et la justice universelle s'élèvent avec force,
lors même que les nations engourdies sem-
blent s'y soumettre sans murmure. En vertu
de cette loi célèbre, tout le commerce des
possessions anglaises dans les îles et le continent de l'Amérique, prit son cours par la
métropole, et plusieurs vaisseaux vinrent encore se joindre à ce grand fleuve et en augmenter la majesté. Outre les rapports immenses que l'Angleterre s'est ménagés par des
établissemens considérables dans les grandes
Indes, outre le monopole étrange qu'elle
exerce contre le Portugal, elle se créa un
commerce interlope, très-étendu sur toutes
les côtes des colonies espagnoles, elle s'ouvrit des débouchés avantageux dans la Bal-
tique et dans la mer du Nord; elle envoya,
dans toutes les échelles du Levant, ses vaisseaux chargés de richesses du nouveau monde.
Comme elle eut toujours, pour maxime,
d'entretenir toutes ses relations par ses seuls

navires, sa marine marchande devint en peu
de tems la plus florissante et la plus nombreuse
qui eut jamais paru sur les mers ; elle eut en
abondance , des matelots robustes , à l'é-
preuve du changement de climats , exercés
à la manœuvre et accoutumés à braver les
fureurs de l'Océan ; elle eut des hommes de
mer savans dans l'art de dompter cet élément perfide ; elle mit, dans ses flottes, toutes
ses espérances , toute sa force et toute sa
gloire. Ce peuple ambitieux et fier se vit
bientôt en état de tout entreprendre et de
résister à toutes les puissances maritimes de
l'Europe conjurées contre lui. Son pavillon ,
déployé dans les quatre parties du monde ,
annonçoit à toutes les nations du globe le roi
de la mer et l'arbitre du commerce universel.

L'Europe sortira un jour de sa stupeur ;
elle réunira ses forces pour briser ce sceptre
maritime que les Anglais ont usurpé , et qui
pese sur toutes les nations , et pour assurer à
toutes les puissances cette liberté de navigation et de commmerce que la nature a établi
pour l'intérêt de tous et pour la prospérité
générale. On a versé des flots de sang pour
rétablir, sur le continent, cette balance destinée à s'opposer à la grandeur et à l'ambition
de grandes puissances : il est tems de prendre
les armes pour maintenir , sur les mers , ce

même système d'équilibre qui doit multiplier dans toutes les parties de l'univers, ces canaux salutaires, propres à répandre l'abondance et la fertilité.

Mais quel sera le résultat de ces vastes combinaisons de commerce, qui embrassent l'univers; que deviendront ces trésors attirés dans la Tamise de toutes les régions de la terres, où viendra aboutir cet appareil formidable, qui porte d'un pole à l'autre la gloire et la terreur du nom anglais. Ah! n'en doutons pas, ce colosse s'écrasera sous son propre poids, et la tige corrompra bientôt les rameaux de cet arbre majestueux, qui frappe et étonne les regards. Sa politique orgueilleuse, son système de machiavélisme et de corruption, prépare la dissolution du gouvernement britannique, qui s'épuise par sa propre grandeur. La nature, au milieu de ses mouvemens, tend sans cesse à réparer les vices des gouvernemens, les désordres des sociétés, et les injustices des institutions humaines; elle ne destine point l'habitant du continent à obéir à des insulaires : un peuple agricole ne sera jamais l'esclave d'une nation commerçante. L'agriculture forme les grands caractères; la force du corps et la vigueur de l'ame donnent l'amour de la liberté, et le

zèle du patriotisme crée des guerriers. Toute
puissance qui vient d'ailleurs que de la terre,
est artificielle et précaise, soit dans le physique, soit dans le moral : un état bien dé-
friché, bien cultivé produit les hommes par
les fruits de la terre, et les richesses par les
hommes. Ce n'est point pour nous servir de
la pensée ingénieuse de Raynal, les dents du
drucon qu'il sème pour enfanter des soldats
qui se détruisent, c'est le lait de Junon qui
peuple le ciel d'une multitude innombrable
d'étoiles. Le commerce dégrade les mœurs,
détruit les vertus, prépare les chaînes de
l'esclavage, et ne peut donner à l'état que
des hommes flétris par l'égoïsme, efféminés
par le luxe, et des spéculateurs sans foi et
sans conscience, qui n'ont d'autre dieu et
d'autre religion que l'intérêt et l'argent. Les
nations commerçantes ont brillé pendant
quelques tems, mais bientôt elles ont disparu
pour aller s'ensevelir dans la nuit du tombeau ; tel fut le sort de Tyr, de Sidon, de
Carthage : ces édifices incohérens de puissances, privées de leurs appuis, et perdant
leur équilibre doivent s'écrouler tout-à-coup
en débris et ajouter l'exemple d'une grande
ruine à tous ceux qu'a déjà vu la terre.

Les peuples riches furent toujours forcés

de succomber sous les efforts des nations pauvres ; l'Asie devint la proie des Macédoniens ; Rome, enrichie des dépouilles de la terre, fut conquise à son tour par des guerriers indigens et sauvages, que le Nord avoit vomi de ses flancs glacés. Le Chinois et l'Indien sont tombés sous les coups du tartare vagabond.

Toutes les guerres entreprises par Cromwel n'avoient, pour objet, que de suspendre la haîne publique, qui éclatoit de toutes parts contre son usurpation, et de préparer à la nation le joug de la tyrannie qu'il vouloit lui imposer. En Angleterre, un roi guerrier peut être impunément un desposte ; le peuple est plus fier de ses conquêtes que sensible à l'oppression : l'aspect de la Tamise, couverte des vaisseaux ennemis, lui fait oublier ce joug que lui impose la multiplicité des impôts : l'intérêt et l'orgueil dirigent son patriotisme, et affoiblissent ces vertus politiques et morales que font la force des républiques, et entretiennent le feu de la liberté et l'enthousiasme de la patrie.

Cromwel reconnut la nécessité de convoquer un nouveau parlement. Après avoir pris les précautions que la prudence et la politique lui suggérèrent pour s'assurer de la pluralité des suffrages, il créa un nouveau sénat; Cromwel fixa alors ses régards sur le trône qu'il ambitionnoit avec fureur, quoiqu'il affectât de ne parler que de liberté, de république, d'égalité; les principes religieux qu'il professoit, paroissoient s'opposer à ses audacieux projets : le tyran fait servir sa conscience et sa religion à alimenter le feu qui le consume; il ne connoît d'autre dieu que l'ambition; il sacrifie tout à cette passion qui le tourmente. Cromwel étoit fanatique en public; mais, dans son intérieur, il se jouoit de la religion qu'il vouloit faire servir à l'exécution de ses projets. Cependant il veut enfin recueillir les fruits de ses forfaits; il veut être roi : en conséquence il assembla ses satellites, leur découvre ce secret qui pesoit depuis si long-tems sur son cœur; il faut que le sentiment qui l'agite, que le feu qui le dévore se déborde et éclate. Un jour que l'on délibéroit sur les moyens de concilier le gouvernement militaire, tel qu'il étoit alors avec les lois fondamentales de la constitution, un de ses satellites voulut prouver que l'intérêt et le salut du peuple exigeoit impérieusement l'établissement du gouvernement monarchique ; il proposa de changer seulement un mot dans la définition du gouvernement, et de donner au protecteur le titre de roi. Cette proposition fut acceptée avec transport par ces magistrats qui avoient vendu leur voix au tyran ; mais les officiers généraux, ceux qui, après Cromwel occupoient les premières dignités de l'état, s'opposèrent avec fermeté au rétablissement de la royauté ; ils objectèrent au protecteur toutes les raisons que lui-même avoit autrefois employées pour abattre le trône, et établir, sur ses débris, le gouvernement républicain. L'un d'eux fit l'éloge du malheureux Charles en peu de mots bien énergiques : " Si nous avions voulu un roi, dit - il, nous „ en avions un qui valoit mieux que tout „ autre „. Ses intimes amis, ses plus proches parens l'exhortèrent à abandonner ses projets ; des conjurés étoient armés pour l'égorger au moment même où il accepteroit la couronne que lui offroit le parlement. Cette majorité des suffrages, que le protecteur ne put jamais intimider ni corrompre, le déconcerta, et il abandonna, en frémissant, un trône qu'il eût peut - être affermi et illustré par la fermeté de son administration et par ses talens militaires. La destitution des officiers qui avoient voté contre lui, prouva jusqu'à quel degré de force son ambition étoit parvenue, et sa vengeance attesta le tour-

8

ment de son âme : ce qu'il reçut de l'affection
du parlement, fut le droit de nommer son
successeur au protectorat, qui fut déclaré héréditaire. Dès ce moment on regarda son
fils, Richard, comme celui qui devoit recueillir les fruits de cette disposition.

Cromwel, contre les règles de la politique
et de la prudence, rétablit la chambre des
pairs ; des nobles de sa création y prirent
séance pour lui servir d'appui contre les attaques des communes. Flatté de se retrouver
avec le simulacre de deux parties de l'ancienne constitution, il crut en les opposant
l'un à l'autre les soumettre ensemble à ses
lois ; mais la noblesse antique dédaigna de
s'associer à des hommes nouveaux. Les communes, jalouses de gouverner ou même d'o-
béir seules, méconnurent un tribunal anéanti
devant leur puissance, et vainement décoré
du nom de chambre haute. La moderne pairie
des membres qui la composoient les éloignoit
de toute influence personnelle. Aussi, le protecteur, persuadé qu'une constitution régu-
lière seroit long-tems impraticable, ne son-
gea plus à s'appuyer de ce fantôme. Cromwel
fut alarmé de l'union qui régnoit entre ce
parlement et l'armée ; dans la crainte de
quelque conspiration, il se hâta de le dissou-

dre ; malgré les conseils et les exhortations de ses amis.

Cromwel, redoutable aux puissances étrangères, étoit malheureux dans son administration intérieure. Depuis la dissolution du parlement, il ne lui étoit pas possible d'établir une forme de gouvernement ; il ne pouvoit créer une nouvelle constitution, qu'en s'environnant de la force militaire et de la puissance du peuple : mais l'armée et la nation s'étoient réunies par un heureux concert ; tous les ordres de l'état murmurèrent contre la tyrannie du protecteur ; et déjà ils méditoient à détruire son pouvoir. Tous les partis, toutes les sectes divisés d'intérêt, d'opinions et de principes, se rapprochèrent, et jurèrent solemnellement de hâter la chûte de l'usurpateur ; les royalistes le regardoient comme le meurtrier de leur roi ; les épiscopaux, comme l'oppresseur de leur religion ; les presbytériens, comme le persécuteur de leur doctrine ; les puritains rigides, comme le destructeur de leur système d'égalité ; les indépendans, comme l'usurpateur des droits de la divinité, et l'ennemi du gouvernement théocratique ; l'armée, comme un ambitieux et un despote ; la nation entière, comme le tyran de la patrie. Cette confédération géné-

8 *

rale annonçoit et devoit nécessairement produire de grands événemens. Chaque jour des
placards injurieux se trouvoient affichés sur
les murs publics ; chaque jour Cromwel dé-
couvroit une nouvelle conspiration ; il trouvoit dans sa famille même cet esprit républicain et religieux qui combat sans cesse la
tyrannie. Le glaive étoit suspendu sur la tête
du protecteur , et sa chûte devenoit inévitable.

Cromwel, qui tant de fois avoit bravé la
mort dans les combats, trembla, et son ame
connut la terreur ; environné de périls conti-
nuels, il devint sombre et farouche : il im-
mola des victimes pour calmer ses inquiétudes et appaiser ses remords ; mais le sang
répandu ne rassasie point les tyrans. Cromwel ne survécut que quelques mois aux alarmes , aux tourmens qui déchiroient son ame ;
il imagina n'entendre parler que d'insurrections projetées, de révolte dans l'armée , de
complots formés par les officiers qu'il avoit
persécutés , de trahisons, de combats et de
défaites. Cromwel tomba insensiblement
dans cet état de violence et de terreur qui
est la punition réservée aux grandeurs ac-
quises par de grands crimes : plus de paix ,
plus de sommeil ; son imagination fantas-

tique ne lui présentoit plus que des coupes
empoisonnées, des échafauds, des buchers,
des poignards, des victimes ensanglantées
et des bourreaux tenans dans leurs mains
les instrumens de mort ; il frémissoit à l'approche de ceux que la nécessité l'obligeoit à
recevoir ; se déroboit-il dans la solitude aux
travaux de l'administration, des fantômes
effrayans l'accompagnoient, armés et couverts de sang ; à chaque pas qu'il faisoit, il
pensoit voir l'abîme s'entr'ouvrir sous ses
pas ; il croyoit entendre le bruit de la foudre
qui devoit le frapper : l'image ensanglantée
de Charles le suivoit par tout ; le glaive du
bourreau étoit prêt à l'immoler. Il n'habitoit
jamais deux nuits dans le même appartement ;
un sommeil interrompu l'agitoit sans cesse :
des rêves confus lui offroient le tableau de
ses crimes ; il se levoit avec des cris de rage,
en demandant ses armes ; alors il versoit des
larmes, poussoit des soupirs et des gémissemens ; il regrettoit les jours sereins et les
nuits paisibles de son enfance et de sa première obscurité. Cet état terrible devoit nécessairement détruire ses organes et hâter
sa mort. Il perdit l'usage de ses sens ; on en
arracha cependant un signe d'approbation,
à la demande qu'on fit de nommer Richard,

son fils, pour son successeur, et ce signe
suffit au conseil. C'est ainsi que mourut cet
homme extraordinaire, dont on a si diver-
sement parlé. L'esprit de faction et d'indépendance qui subsiste encore en Angleterre,
en fit toujours son héros : quelques écrivains
n'ont pas rougi de l'élever au-dessus de ce
que Rome et la Grèce ont produit de plus
grand.

Une mort si prompte et dans un âge qui
sembloit promettre de plus longs jours, fit
présumer que le poison les avoit abrégés;
mais le médecin Batteus, qui fut présent
à l'ouverture du corps, et qui s'attacha particulièrement à vérifier ce soupçon, n'apperçut rien qui put le justifier. Quelques historiens ont prétendu que, par son ordre, on
le précipita dans la Tamise; d'autres, qu'il
vouloit secrètement reposer dans les champs
de Naësby, lieu signalé par une victoire
éclatante qu'il remporta contre Charles.
Mais toutes ces fictions sont aujourd'hui
détruites, et il est prouvé, par des monumens authentiques, que Cromwel fut en-
terré dans la chapelle de Henri VII, et que
ses funérailles se firent publiquement et solemnellement.

Les historiens qui ont examiné le génie

et le caractère de Cromwel, se sont laissés
égarer et séduire par ce merveilleux qui
étonne et asservit l'imagination. Ils ont cru
voir dans cette chaîne de bonheur et de
succès, un système médité et approfondi de
politique, de hardiesse et de sublimité qui
honore l'intelligence humaine. Un simple
particulier qui a pu créer un parlement souverain, dont il s'est servi pour renverser la
monarchie, et ensanglanter le trône, qui a
pu former une armée pour disperser ce parlement, pour briser, quand il a voulu, ce
vil instrument si nécessaire pour sa grandeur et dont il n'a plus besoin; qui a pu
contenir cette armée frénétique par le respect et la terreur; qui, après avoir dispersé
la famille royale, opprimé les grands, renversé les autels, violé les lois, trompé, séduit et subjugué une nation factieuse et féroce, est mort souverain de trois royaumes,
respecté et redouté des puissances de l'Europe; un pareil homme, au premier coup-
d'œil, ne peut avoir été qu'un être surnatu-
rel, un génie vaste et profond. Il eût été tout
cela, sans doute, si ses entreprises, ses con-
quétes, sa gloire eussent été l'effet d'un plan
suivi et médité; mais, outre qu'il n'est pas
vraisemblable qu'un projet si compliqué

dans sa nature et dans son exécution, dont le succès étoit subordonné à tant d'événemens, et des circonstances impossibles à prévoir, ait pu se développer tout entier à l'intelligence humaine, il est parfaitement prouvé que Cromwel marcha toujours au hasard, sans règle, sans politique, sans science. Il courroit dans la carrière sans voir le terme qu'il vouloit atteindre. Ce n'étoient point les lumiéres et les réflexions d'un génie froid et calculateur; ce n'étoient point les conseils de la prudence et de la sagesse qui le dirigeoient, il ne consultoit que l'impétuosité de ses passions et les agitations de son fanatisme. Le génie médite, raisonne, calcule, prévoit les obstacles et connoît les moyens pour les surmonter : une politique profonde prédit, enchaîne les événemens, et les fait servir au succès de ses vastes entreprises. L'ambition dans sa fureur et le fanatisme dans son délire, ne connoissent ni règle, ni principe, ni prudence ; marchent sans méthode et sans réflexion : leurs succès ne sont que l'ouvrage du hasard. La fortune trahit souvent le génie et la vertu, et sert l'ignorance et le crime.

Cromwel ne méditoit que des usurpations. Comment veut-on que, dans cette

situation qui épuise et opprime l'ame, il ait
pu consulter et suivre l'art difficile de la
politique, et ces règles certaines du génie
et des arts, qui préparent et assurent le
succès de vastes entreprises. Les tyrans sont
quelquefois heureux parce qu'ils comman-
dent à des esclaves, et que les esclaves sont
faits pour obéir. Un ambitieux peut bien
apporter dans l'exécution de ses projets un
esprit de prévoyance et de calcul; mais un
scélérat, familiarisé avec le crime, ne voit
rien, ne prévoit rien, ne se fixe sur aucune
base, bâtit l'édifice sans s'occuper des fondemens, et se laisse entraîner au gré des
caprices de la fortune et de la volonté du
destin.

Une seule entreprise détruisoit la puissance et le crédit de Cromwel; une seule
bataille perdue le conduisoit à l'échafaud :
mais un heureux hasard s'enchaîna constamment à ses destinées; ses lettres, ses négociations secrètes, tout annonce en lui un
fanatique qui vouloit établir le gouvernement théocratique sur les ruines de la religion, de l'état, et dont il aspiroit à être
le fondateur et le pontife. Un homme dévoré par une ambition effrénée, qui s'accrut
par l'éclat de sa gloire et de ses succès, mais

qui se trouva étonné lorsqu'il fut sur la marche du trône, qu'il desira avec fureur, lorsqu'il vit qu'il n'y avoit qu'un pas à franchir pour y monter, et qui se consola ensuite de sa perte par l'exercice du pouvoir souverain et du despotisme.

Cromwel étoit issue d'une famille ancienne, alliée de celle de Stuard : la médiocrité de sa fortune, ses premiers débauches et ensuite son hypocrisie, l'excitèrent à s'associer à la secte des puritains. Toutes ces circonstances le rendirent lui-même obscur ; ce furent cependant ces mêmes puritains qui, après avoir infecté son esprit de visions, d'illuminations, le firent élire, par leurs intrigues secrètes, membre du parlement. Une fois introduit dans cette assemblée nationale, il y trouva un parti puissant contre Charles, et se déclara royaliste, parce que l'opposition dirigeoit son caractère, et que son génie toujours enflammé, s'irritoit et prenoit une nouvelle énergie à la vue des obstacles et des contradictions. Si le droit héréditaire ou la nation eût placé Cromwel sur le trône, il eût donné à la constitution de l'état une forme fixe et irrévocable par la fermeté de son administration, et il eût préservé l'empire de ces factions et de cette anarchie qui en pré-

parent la dissolution. Mais Cromwel devint
un usurpateur et un tyran, parce qu'il crut,
ou feignit de croire, que le ciel le destinoit
à être le vengeur de la liberté, le fondateur
d'un nouvel empire, le législateur d'un nouveau peuple, le prophête d'une nouvelle
doctrine, et le pontife d'une nouvelle religion. Il ne pouvoit parvenir à ces hautes destinées qu'en parcourant tous les degrés de
l'hypocrisie la plus infernale, et du despotisme le plus ardent. Alors on le remarqua,
non par son éloquence, mais par sa violence
et ses transports frénétiques ; il étoit plus
guerrier qu'orateur, et plus propre à commander une armée, qu'à défendre ou à expliquer les lois. Il sut se rendre agréable aux
soldats, qui, déjà infectés du puritanisme,
témoignèrent un attachement particulier au
plus forcené des puritains. Ces dispositions
n'échappèrent pas à Cromwel, qui, à force
de sentir son incapacité pour devenir l'inter-
prête et le dépositaire des lois, prit volontiers
l'épée pour les anéantir, ou pour en créer de
nouvelles plus conformes à son génie et à ses
passions. Sa vocation militaire lui ouvrit une
carrière plus vaste et plus brillante : ainsi
porté par la faveur de l'armée, de grade en
grade, il parvint rapidement au commande-

ment de quelques divisions, où il se distingua
par sa valeur. La fortune seconda son zèle et
enflamma son courage ; il se rendit maître
des destinées de Charles : une infinité de hasards, des circonstances imprévues semblèrent abaisser devant lui la barrière que son
audace avoit su franchir. Armé de la puissance civile et militaire, il étonna les esprits
par un jargon prophétique, et un langage
mystérieux, et les enchaîna par la terreur et
la superstition. Ferme dans son administration, il rendit le nom anglais redoutable aux
étrangers ; étendit la gloire de la nation,
ouvrit de nouvelles sources d'industrie, de
commerce et de prospérité. Il fut cruel et
religieux ; et, par un assemblage bizarre, il
réunit l'austérité des mœurs et quelques vertus domestiques à la férocité de l'ame et aux
vices du despote. Fier avec les grands qu'il
détestoit, il caressoit la multitude dont il
avoit besoin, et s'humilioit devant les soldats
qu'il redoutoit. Cromwel avoit sans doute
du génie, mais c'étoit cette espèce particulière de génie qui devoit réussir dans sa seule
patrie, et à la seule époque où il en fit usage.
Dans un siècle plus éclairé, et chez un peuple
moins superstitieux et moins féroce, Cromwel eût été regardé comme un insensé ou un.

factieux que les lois auroient méprisé ou
puni.

- Absolu dans sa famille , comme dans l'état,
Cromwel fut bon fils , bon mari ; sa femme
le secondoit par de petits moyens souvent
utiles aux grands événemens ; elle se répan-
doit parmi le peuple , caressoit les enfans
des pauvres , et les adoptoit à l'instant de
leur baptême ; cette adoption spirituelle lui
concilioit une affection générale , qu'elle
faisoit tourner au profit de son époux. Cromwel affectoit une grande sensibilité pour les
tendres alarmes de sa mère ; l'écoutoit avec
une patience respectueuse , mais il restoit
inébranlable dans ses volontés. On reproche
à Cromwel d'avoir négligé l'éducation de
son fils Richard , et de l'avoir éloigné de l'administration des affaires publiques : mais le
protecteur connoissoit le caractère indolent
et le génie tranquille de son fils ; il voyoit
qu'il ne jouiroit pas long-tems de l'hérédité
du protectorat qu'il ne pouvoit conserver
dans un tems de factions et d'anarchie , que
par la force des passions , et par un concours
prodigieux d'événemens heureux , et surtout
par cette fureur du fanatisme qui s'épuise et
s'anéantit par ses propres excès. Cromwel
aimoit les savans , sans aspirer à le paroître.

Milton et Murvel étoient ses secrétaires particuliers. Quoique dans un de ses écrits, Hobbes eût révélé le secret des tyrans, Cromwel se l'attacha par conformité de principes; il dût chérir un auteur qui, dans ses ouvrages politiques, prétendoit que la force est la base de tout droit, de toute religion, qu'elle consacre et justifie l'usurpation et le crime; maxime atroce, qui tend à perpétuer les factions et les guerres civiles, à détruire ces principes d'ordre, de morale, de justice, de propriété, sans lesquelles les sociétés politiques ne sont que des associations composées de hordes de sauvages et de brigands toujours armés pour se déchirer et se détruire.

Il étoit tems qu'une mort naturelle vînt soustraire Cromwel aux humiliations, et au supplice que lui destinoient son usurpation et ses crimes. A peine l'Angleterre fut délivrée de ce tyran, que le conseil, les officiers généraux et particuliers, les soldats, tous les ordres de citoyens des trois royaumes, s'empressèrent de reconnoître Richard pour protecteur; il reçut les hommages des députés des provinces, des ambassadeurs étrangers et du parlement.

L'histoire des empires et particulièrement les annales de la Grande-Bretagne, instrui-

sent et intéressent par la variété des tableaux,
et par la multiplicité des événemens qui offrent les phénomènes les plus extraordinaires
et confondent l'esprit humain. C'est dans ce
miroir fidèle où l'on voit les travaux, les opérations, les caprices de la nature, et le jeu
de toutes les passions qui agitent, bouleversent les sociétés politiques. On y voit tour-
à-tour la sublimité et la bizarrerie du génie,
la grandeur et la foiblesse de l'homme, la
réunion de quelques vertus publiques avec
l'assemblage de tous les vices et de tous les
crimes. A peine Richard fut-il revêtu du protectorat qu'il se forma une conspiration générale pour le dépouiller du pouvoir qu'on lui
avoit confié, comme si Richard, qui réunissoit l'aménité des mœurs à l'amour de l'indépendance, eût forcé la nation, les armes à
la main, à lui donner un titre de puissance
et de gloire qui l'importunoit. Les officiers
de l'armée demandèrent que Floword fût
nommé général ; les communes décidèrent
que les officiers ne pouvoient délibérer pendant la session du parlement. Richard n'eut
ni la force de réprimer l'esprit de faction qui
agitoit le parlement et l'armée, ni de concilier l'intérêt et les droits du pouvoir législatif, et de la puissance militaire : on le re-

garda comme incapable de maintenir les
nouvelles lois et de conserver l'autorité que
lui donna la dignité du protectorat. On le
força de dissoudre le parlement, et Lambert
fut nommé général de l'armée. Cet homme se
proposoit de prendre Cromwel pour modèle,
et de suivre son système politique et militaire;
mais Lambert n'avoit ni la vigueur du caractère, ni l'ardeur du fanatisme, ni la force
des passions de cet heureux usurpateur. Ce
général ne consultoit que les caprices de son
esprit, et ne suivoit que les mouvemens de
son orgueil.

Richard donna sa démission du protectorat, et abandonna sans regret les honneurs
et la puissance; plus content de vivre dans
la sollitude libre, indépendant, heureux,
que de régner sur un peuple inconstant et
factieux; il n'avoit point cette énergie de
l'ame, cette ambition dévorante, cette conscience pervers, nécessaires pour affermir un
pouvoir usurpé. Henri, son frère, résigna
son commandement d'Irlande; ainsi, dans
un instant, la famille de l'usurpateur re-
tomba dans son obscurité primitive. Les rameaux de cet arbre majestueux se desséchè-
rent en pourriture. Le nom seul de Cromwel
subsistera; l'histoire, en admirant sa gloire

et ses succès, a imprimé, sur la mémoire de
ce tyran meurtrier, l'opprobre et l'infamie :
si la renommée publie avec enthousiasme ses
grandes et heureuses entreprises, l'humanité
verse des larmes sur le sang qu'il a fait verser, et l'homme sensible et vertueux ne se
rappelle son nom et son existence qu'avec ce
sentiment d'indignation que l'on doit aux dé-
vastateurs de la terre et aux oppresseurs des
nations ; triste et salutaire leçon que la nature et la justice offrent pour épouvanter les
tyrans, pour consoler les peuples opprimés
et pour instruire toutes les générations.

Voilà donc le gouvernement militaire qui
va exercer son despotisme et ses fureurs ;
Lambert et Floword sollicitèrent le protectorat, et pour l'obtenir, ces deux concurrens
prodiguèrent l'or, et multiplièrent les moyens
de corruption. Cependant on s'occupoit à
créer une nouvelle constitution et un nouveau gouvernement, propres à s'opposer à
cette putréfaction politique qui menaçoit
d'ensevelir l'état sous des ruines. Ici les troubles et les factions se renouvelèrent avec une
nouvelle fureur. L'empire étoit comme un
vaisseau battu par la tempête, errant au gré
des hasards, et que des flots tumultueux éloi-
gnoient du port. Chaque parti ne consultoit

9

que son intérêt, chaque secte ne suivoit que ses passions; les uns prétendoient que la souveraineté devoit résider dans le conseil de guerre, de-là l'établissement du pouvoir militaire; les autres vouloient confier la plénitude de l'autorité au parlement; de-là le gouvernement olygarchique; plusieurs desiroient une constitution théocratique; les royalistes demandoient la restauration de la monarchie. Personne ne s'occupa de donner la souveraineté au véritable propriétaire, et de faire rentrer le peuple dans l'exercice de l'autorité suprême. Dans ce tems de confusion et d'ignorance, on méconnut cette maxime si précieuse que l'autorité législative ne pouvant point s'anéantir, remonte vers sa source qui est le peuple. Mais peut-être ces maximes, fondées sur le vérirable contrat social, parurent des théories sublimes, dont l'exécution présentoit des dangers et des difficultés presque insurmontables.

Enfin l'ordre parut succéder pour quelque tems à cette anarchie, et du sein du chaos sortit une étincelle de lumière, qui ne jetta qu'un éclat passager. Le parlement, cassé sous le protectorat de Cromwel, avoit été déclaré indissoluble sous le règne de Charles I.er. On démontra que la violence n'avoit pu lui

ôter son existence politique ; en conséquence
les membres de ce parlement furent invités,
par l'organe de Leuthol, leur ancien orateur,
de venir reprendre leurs siéges, et de continuer leurs fonctions. Ce parlement, qui fut
appelé le *rompt* ou le *croupion*, exerça l'autorité souveraine, forma un conseil d'état,
dont il exclut les officiers.généraux; donna,
pour une année, le commandement des troupes à Floword, et délibéra que toutes les
commissions seroient signées par les communes. L'armée réclama contre cette usurpation de pouvoir, les royalistes surent profiter de cette division entre la puissance
civile et la puissance militaire pour rétablir
l'ancienne constitution de l'état, et pour
détruire toutes ces sectes dont les principes,
également contradictoires, tendoient à perpétuer l'anarchie, et à briser tous les ressorts
du gouvernement et les liens du pacte social.
Les presbytériens modérés se réunirent aux
royalistes : ils ne virent, dans les officiers de
l'armée que des despotes, qui vouloient gouverner le peuple avec une verge de fer, et
dans les membres du parlement que des
tyrans intéressés par principe, et par intérêt à établir un gouvernement olygarchique;
ils prirent les armes, soulevèrent les pro-

9 *

vinces, parcoururent les campagnes, publièrent des manifestes et des proclamations,
et exhortèrent le peuple, en lui présentant le
tableau des calamités publiques, de briser
ce joug qui l'opprimoit depuis long-tems, et
de reconnoître l'héritier légitime de ses rois.
Charles étoit arrivé secrètement à Calais où
il attendoit des troupes que Louis XIV lui
avoit promis. Lambert combattit les royalistes, les vainquit et les dispersa. L'armée
triomphante s'occupa à détruire le pouvoir
civil pour conserver et étendre la puissance
militaire. Lambert se rendit au parlement,
en fit fermer les portes. Tout étoit fureur,
anarchie, usurpation; il n'y avoit ni chef, ni
assemblée nationale pour régler l'administration publique. Chacun se demandoit où
résidoit l'autorité. Cette crise violente sembloit annoncer la dissolution du corps politique : la contre-révolution étoit inévitable.

Enfin, on créa une espèce de tribunal
civil et militaire, composé de vingt-quatre
membres vendus et payés d'avance : ils furent
déclarés les représentans du peuple, et revêtus de l'autorité souveraine : on donna à
ce tribunal le nom de comité de sûreté.
Lambert, créateur de ce conseil en dirigeoit les opérations, et s'étoit placé à la tête

de l'administration publique ; mais Monck , son rival , se déclara le défenseur du parle- ment , et protesta contre les actes de vio- lence et d'usurpation de ce conseil. Monck , cachoit des vues profondes , et méditoit une grande révolution : il enveloppoit ses projets sous le voile du mystère , toutes ses démar- ches , toutes ses actions tendoient même à persuader qu'il vouloit établir un gouverne- ment démocratique : il annonçoit des prin- cipes républicains , et entretenoit une cor- respondance secrète avec ces sectaires qui vouloient détruire cette tige antique , dont les rameaux sembloient ombrager l'Angle- terre. En sa qualité de lieutenant-général en Ecosse , Monk commandoit une armée considérable. Il annonça qu'il étoit prêt à venir à Londres pour rétablir la paix et pour défendre les lois. Alors il se forma une con- fédération puissante : la plus grande partie de la nation se rallia autour du parlement , qui , désormais assuré d'une force supé- rieure , s'assembla de sa propre autorité , et bravant à son tour le général Lambert , donna à l'armée des ordres qui furent exé- cutés.

Cependant Monk s'approchoit de Londres; le clergé et la noblesse volèrent au devant

de lui, le conjurèrent de rétablir l'ancienne
constitution, et d'élire un parlement composé des citoyens amis de l'ordre, de la paix
et de la justice. Monk parut écouter avec
froideur ces prières et ces supplications ; cet
homme, habile dans l'art de l'hypocrisie et de
la ruse, méditoit l'exécution de ses grandes
entreprises. Il se présenta au parlement les
armes à la main, et lui annonça que le peuple desiroit qu'on rappela ces anciens membres du parlement que Cromwel avoit destitués lorsqu'il fut question de faire le procès
à Charles. Le parlement refusa de délibérer
sur cet objet, et ordonna à Monk d'enlever
les chaînes et les poteaux des rues, et de briser les herses et les portes de la ville. Monk
obéit à cet ordre ; cette prompte soumission
excita les murmures et les méfiances : on
soupçonna qu'il aspiroit au protectorat : les
royalistes consternés perdirent tout espoir ;
mais Monk sut bientôt calmer ces alarmes,
ces inquiétudes, et dissiper les soupçons que
sa conduite avoit fait naître ; il déclara avec
fermeté au parlement, que le salut du peuple exigeoit qu'on rappelât l'ancien parlement ; il parla en médiateur et en maître : il
fallut obéir à la force armée. Le parlement
prononça sa dissolution, et donna des ordres

pour la convocation d'un nouveau. Il envoya
des confidens et des coopérateurs dans toutes
les provinces pour instruire et consoler le
peuple.

Sans doute il étoit du devoir de Monk de
fermer la source de ces divisions intestines
qui déchiroient l'état, et le précipitoient vers
sa dissolution. Il pouvoit rétablir la paix et
l'ordre public, enchaîner toutes les factions,
et se servir de la force militaire pour donner
aux lois leur vigueur, pour réunir toutes les
parties éparses de l'administration, pour
faire jouir le peuple d'une heureuse et salutaire réconciliation, pour faire rentrer la
nation dans tous ses droits, et pour établir
une constitution fondée sur les véritables
principes du contrat social. Il devoit inviter
le parlement à convoquer une convention
nationale pour régler et fixer la forme du
gouvernement, et pour créer des lois conformes au génie, aux mœurs, au caractère
et à la situation du peuple anglais; il devoit
protéger la liberté des suffrages, et faire
ensuite respecter, par la force des armes, les
vœux, les ordres et la volonté nationale;
alors Monk eût été placé au rang de sauveur
de la patrie et du bienfaiteur de l'humanité.

On procéda dans tous les comtés à l'élec-

tion des membres qui devoient former le
nouveau parlement ; à peine fut-il assemblé,
que Monk lui envoya un message de Charles,
avec des lettres et un édit où ce prince promettoit une amnistie générale, la liberté des
consciences et le maintien de l'ancienne constitution. Les pairs du royaume reprirent leurs
fonctions, et les deux chambres se réunirent
pour ordonner la publication du décret qui
annonçoit au peuple que Charles alloit monter sur le trône britannique. La tyrannie de
Cromwel, les usurpations de l'armée, les
crimes des parlemens, les factions des sectaires, les intrigues de la noblesse et du
clergé opérèrent cette nouvelle révolution :
la nation opprimée et malheureuse, fatiguée
de ces dissensions intestines qui épuisoient
son sang et ses trésors, crut voir dans la restauration de la monarchie un asyle contre
l'oppression et la misère. Dans cet état d'é-
puisement et de langueur, elle eût préféré
un esclavage réel à cette indépendance ora-
geuse, source éternelle de calamités et de
crimes. Elle avoit perdu sa force et son amour
pour la liberté, et n'entendoit point le bruit
des chaînes destinées à l'asservir.

An 1660. Charles II fut proclamé roi ; le peuple se
livra à des transports si vifs, qu'ils dégéné-

rèrent en délire : l'allégresse, les fêtes, les plaisirs succédèrent à la mélancolie sombre des fanatiques, aux passions et à la haine des sectaires. Charles réunissoit aux graces de la figure, les talens doux et aimables de l'esprit ; éloigné par caractère et par principe de l'intolérance religieuse et civile, il composa son conseil de royalistes et de presbytériens. Mylord Clarendon, citoyen vertueux, politique habile, historien philosophe, fut créé chancelier et premier ministre. Charles convoqua le parlement, et, de concert avec Monk qu'il créa pair et qu'il combla de ses bienfaits, s'occupa à détruire les factions, à rétablir l'ordre dans toutes les parties de l'administration, et à guérir les plaies profondes de l'etat. Charles viola bientôt ses sermens ; une politique ombrageuse et féroce lui conseilla ce parjure. Cette violation étoit un attentat contre la justice et contre la foi publique. Malgré la déclaration de Breda, où ce prince avoit accordé un pardon général à tous ceux qu'il regardoit comme coupables, il livra au glaive du bourreau plusieurs citoyens qui devoient jouir des bienfaits de l'amnistie proclamée. Harison, Scoct, Carew, Clément, Axtel, qui avoient prononcés l'arrêt de mort contre Charles Ier., Hacker, qui

commandoit le jour de l'exécution du roi,
Coke, procureur-général de la nation, et
Peters, prédicateur fanatique, furent im-
molés à ses mânes, et périrent sur des échafauds; on exerça sur les cadavres de Cromwel, d'Ireton et Bradhaw toutes les fureurs
de la vengeance; leurs biens furent confis-
qués. Le parlement fixa ensuite les revenus
du roi, accorda des subsides et augmenta les
revenus de la couronne.

Cet esprit de faction et de licence qui avoit
si long-tems bouleversé l'état, sembloit vouloir renaître de ses cendres, et ouvrir de nouvelles sources de malheurs et des dissensions
intestines; malgré les événemens nouveaux
et intéressans qui s'offroient à l'attention publique, et qui pouvoient faire une diversion
momentanée, le parlement, dirigé par quelques membres attachés aux maximes du presbytéranisme, élevoit une voix alarmante; il
parloit déjà de privilége, de liberté, d'insurrection. Le conseil délibéra de le dissoudre
avant que cet esprit d'indépendance fît des
progrès. L'armée, composée de ces saints
vétérans, qui depuis tant d'années ébranloient les fondemens de l'état, s'agitoit
pour renverser la monarchie naissante, et
pour établir un gouvernement militaire; il

fallut disperser des élus si redoutables ; cette armée fut congédiée. Charles fut redevable de toutes ces mesures fermes et prudentes qu'il prit au commencement de son règne, aux lumières et à la sagesse de Clarendon.

Le presbytéranisme ne pouvoit point exister dans un état monarchique ; le rétablissement de la royauté devoit entraîner la dissolution de cette secte, toujours active pour combattre l'autorité des rois, et toujours intéressée à propager la doctrine insensée de l'égalité dans les fortunes et dans les propriétés. La restauration de l'épiscopat parut nécessaire pour défendre les droits du trône ; les évêques anglicans, persécutés, interdits, exilés, rentrèrent dans leur patrie, dans la possession de leurs bénéfices, dans l'exercice de leurs fonctions sacerdotales et de leur jurisdiction religieuse. Des théologiens furent nommés pour examiner la lithurgie ecclésiastique, et la délivrer de tous ces actes superstitieux qui l'infectoient. Le presbytéranisme tomba dans son obscurité primitive. Les lumières de la philosophie ont détruit cette secte ; elle n'a plus d'existence politique. Quelques sectaires, qui restent encore, se contentent de faire un commerce avec les juifs : ce n'est que par le mépris et

le dédain qu'on parviendra à détruire les
sectes qui s'établissent dans l'état. Si le gouvernement les persécute, cette persécution
multipliera ses prosélytes, et produira ce
fanatisme qui ne pût être éteint que dans
des flots de sang. Si les chefs de ces sectes
troublent l'ordre social, il faut les enchaîner,
leur ôter cette liberté, dont ils font un si
coupable abus, et les transporter dans des
régions sauvages pour arrêter le poison de
leur doctrine, et en préserver les sociétés
policées.

Le gouvernement fut pénétré de cette
grande vérité, qu'il falloit réunir à la législation et à la politique un système religieux.
Un peuple sans religion n'a ni mœurs, ni
morale, ni liberté : la religion affermit
l'ordre social, et imprime aux lois un caractère de vérité, de force, de grandeur, puisqu'elle en recommande aux peuples la soumission, et qu'elle leur ordonne d'obéir aux
puissances qui exercent l'autorité. La religion est la base des mœurs publiques, la
consolation des malheureux, le pacte de
Dieu avec l'homme, et, pour nous servir
d'une expression d'Homère, la chaîne d'or
qui suspend la terre au trône de la divinité.
Tous les législateurs de l'antiquité donnèrent

pour base à leur constitution une religion et un culte public ; les préceptes religieux firent une partie de la religion nationale. Tous ceux qui ont lu avec attention l'histoire, sont instruits que, chez toutes les nations qui ont successivement disparu de la surface de la terre, les vices et la corruption ont pris naissance, et fait leurs progrès funestes en proportion du mépris des opinions religieuses. Lorsque les Romains commencèrent à mépriser leurs dieux et leurs oracles, ils perdirent leurs vertus, et ne respectèrent plus la foi des traités et des conventions. Les législateurs de l'antiquité ne se sont pas bornés à établir des préceptes religieux, ils y ont joint des cérémonies, et ont attaché à leur pratique la même conséquence que celle des préceptes, parce qu'ils pensoient qu'il faut ramener à la réflexion par les sens, et que les cérémonies de la religion sont les plus fermes appuis de ces préceptes. Chez les nations qui habitent aujourd'hui l'Europe, où la masse du peuple, forcée de travailler constamment pour vivre, ne peut pas acquérir une grande instruction morale. Les préceptes religieux sont indispensables parce qu'ils contiennent en peu de mots tous les devoirs de l'homme envers son semblable

parce qu'ils ordonnent le respect et l'obéissance aux lois : ôtez à ces peuples leur culte
public, ils oublieront bientôt les préceptes
religieux et ceux de la morale qu'ils contiennent : les passions n'auront plus de frein
et la loi sera toujours insuffisante pour les réprimer. Le code des lois le plus sage et le
plus complet, ne peut pas atteindre toutes
les actions coupables : il ne peut commander
ni au sentiment, ni à la volonté; la crainte
des lois peut empêcher un homme de commettre publiquement un crime, mais elle
ne lui suffira point pour lui inspirer l'amour
de la vertu.

Les législateurs anciens, pour donner à
leurs lois une sanction plus redoutable, leur
donnoit une religion divine. Ils annonçoient
aux peuples qu'ils avoient une communica-
tion immédiate avec les dieux. Minos alloit
tous les neuf ans, au rapport d'Homère, dans
l'antre de Jupiter, et il persuadoit aux Crétois que dans ce lieu sauvage le maître du
ciel lui inspiroit les lois qu'il leur donnoit. Zulmokis en Thrace, Zaleucus chez
les Locriens, Amasis chez les Egyptiens;
Rhadamante chez les Crétois, Triptolème
chez les Athéniens, Zoroastre chez les Bac-
triens, Zuthraustre chez les Arimusphes,

Pythagore chez les Crotoniates, Lycurgue
chez les Spartiates, Romulus et Numa chez
les Romains, Thor et Odin chez les Visi-
goths, Mahomet chez les Arabes, et Gengiskan chez les Mogols voulurent faire descendre du ciel les lois qu'ils donnèrent à leurs
peuples. Ces législateurs étoient pénétrés de
cette nécessité d'unir la religion à la politique, à la législation et au gouvernement.

On procéda à l'élection d'un nouveau parlement : ce sénat, dit un historien, sembla
vouloir faire amende-honorable au fils des
outrages qu'il avoit fait au père. Il se rendit
le vil instrument du despotisme, en consacrant des principes subversifs de tout pacte
social. Il déclara l'inviolabilité des rois, étendit les anciennes prérogatives de la couronne
et affoiblit les priviléges du peuple en annul-
lant par ses décrets les articles les plus essentiels de la grande chartre. Charles fut associé
à la puissance législative, et revêtu de la
plénitude du pouvoir exécutif ; il fut main-
tenu dans le droit de nommer à tous les emplois civils, militaires et religieux ; il fut
nommé le chef de l'armée et de la force publique, et il fut institué pontife suprême de
de la religion. Il survint précisément dans ce
tems un événement qui, peu considérable

en lui-même, ne laissa pas que d'être important, en ce qu'il servit de prétexte au roi
pour suspendre la promesse qu'il avoit faite
de permettre l'exercice de toutes les religions.
Ce prince ne vouloit point persécuter les catholiques ; il savoit que cette religion prescrit aux peuples l'obéissance et la soumission.
Mais il vouloit anéantir toutes ces sectes qui
avoient corrompu l'opinion publique et a-
voient fait de l'Angleterre un théâtre sanglant de proscriptions et d'assassinats.

Pendant que Charles s'occupoit à établir
dans ses états l'ordre et la paix, un nommé
Vanner, de la secte de millénaire, entra
dans Londres à la tête de soixante mille fanatiques armés pour en prendre possession au
nom de Dieu qu'il proclama roi dans la place
publique. Ayant demandé à un malheureux
qui étoit sur son passage, de quel parti il
étoit, il répondit : *Vive le roi Charles*, et à
l'instant il fut massacré ; on envoya contre
ces forcenés quelques soldats qu'ils repous-
sèrent avec autant d'intrépidité qu'ils se
croyoient intrépides. Enfin les rebelles furent
vaincus et dispersés ; ceux qui échappèrent
au carnage furent punis de mort : ils volèrent
au martyre avec allégresse, témoignant leur
surprise de voir leur gédeon pendu à un gibet.

on feignit d'être infiniment alarmé de cette conspiration : on en exagéra les dangers pour pouvoir détruire tous les sectaires, qu'on regardoit comme les ennemis de l'autel et du trône. Ce fut peu de tems après cet événement que Charles épousa Catherine de Portugal. Clarendon s'opposa à cette alliance : le roi ne consulta point dans cette union le sentiment de son cœur. Cette princesse avoit les vertus de son sexe, mais elle étoit privée de ces charmes qui captivent et enflamment les sens. On ne pouvoit point concevoir les motifs qui engageoient Charles à surmonter tant d'obstacles réunis, et comment sur-tout après la destinée terrible de son père, il ne redoutoit point d'épouser une princesse catholique. A sa mort, Charles déchira ce voile mystérieux, et fit connoître ses motifs secrets, en rendant ses soupirs dans le sein de l'église romaine.

Cromwel avoit senti qu'il falloit à l'Angleterre, pour s'agrandir et dominer, des ressources extraordinaires en argent, afin de suppléer à l'insuffisance de sa population et de soudoyer des troupes allemandes ; il fit en conséquence avec le Portugal un traité de commerce que Charles renouvela : exemple remarquable de la politique d'une nation qui

10

suit son but avec une persévérance égale sous
les usurpateurs ou les princes légitimes, lorsqu'ils donnent les uns et les autres une impulsion favorable à la prospérité publique.
En Ecosse l'autorité royale fut reconnue solemnellement : cette nation avoit été égarée
et séduite par le fanatisme presbytérien et
par les factions des grands. Le parlement
révoqua toutes les lois qui avoient été rendues
depuis le commencement de la guerre ; an-
nulla ce *fameux convenant*, qui étoit devenu
comme le signal du carnage, et un monu-
ment de destruction et de mort. L'original
de cette loi funeste fut lacéré dans les trois
royaumes, et brûlé par la main du bourreau,
l'épiscopat fut rétabli ; le marquis d'Argyle,
qui avoit fait périr Montrose, fut condamné
à mort. Henri Vanne périt sur l'échafaud,
et Lambert, ce général aussi vain qu'ambitieux, fut exilé à Guernesey, où il finit ses
jours dans la misère et l'obscurité. Un ministre, nommé Gothri, fut pendu pour avoir
prêché, il y avoit dix ans, contre le despotisme de Charles Ier. Govan, fut exécuté pour
avoir servi dans l'armée républicaine ; Johs-
tonne de Wariston dont le seul crime étoit
d'avoir été un instant membre de la chambre
haute, formée par Cromwel, fut puni de

mort ; Berksteud, Cobbet et Okey, juges de
Charles Ier., furent arrêtés en Allemagne,
conduits à Londres, et périrent sur un échafaud.

L'édit d'uniformité fut exécuté avec rigueur. Cependant les catholiques, que le roi
protégeoit, furent opprimés ; le comte de
Bristol, qui avoit embrassé le catholicisme,
se déclara leur défenseur, et comme il crut
que Clarendon étoit leur persécuteur, il le
calomnia auprès de Charles. La duchesse de
Cumberland, maîtresse du roi, qui avoit tous
les vices de son sexe, détestoit mortellement
ce ministre, incapable de flatter son avarice,
sa vanité et ses débauches. Clarendon fut
accusé de trahison : les pairs rejettèrent cette
accusation ; cependant le crédit du chancelier diminuoit : son caractère austère, son
attachement aux principes de la liberté devoient nécessairement déplaire à un prince
voluptueux, prodigue et jaloux de son autorité.

Charles avoit passé sa jeunesse dans des
cours où le catholicisme étoit la religion dominante. Les sollicitations de la reine mère
et du duc d'York, son frère, lui avoient inspiré un penchant secret pour cette religion.
Ce prince ne cessa de protéger les catholi-

10 *

ques : il vit que ces infortunés seroient les premières victimes de cet édit d'uniformité, qui faisoit revivre la sévérité des lois pénales contre les non-conformistes, en conséquence Charles fit publier une proclamation qui mitigeoit cette loi de rigueur : il annonça qu'il se serviroit de sa puissance et de son crédit auprès du parlement pour l'engager à ne point persécuter ceux de ses sujets qui, sans scandale, continueroient l'exercice de leur culte particulier. Les gouvernemens doivent tolérer toutes les sectes, lorsqu'elles ne troublent point l'ordre public ; les sectaires qui obéissent aux lois doivent jouir des droits de la cité. La liberté du culte doit détruire cet empire de la superstition qui a fait des plaies si sanglantes à l'humanité : que le catholique ait ses églises, le protestant ses temples, le juif ses synagogues, l'indien ses pagodes, le musulman ses mosquées, l'état social ne sera point troublé par ces dissensions religieuses qui enfantent les haînes et l'intolérance. Le dieu de la nature aime et reçoit les hommages, les vœux et les prières des hommes de tous les climats, de toutes les religions. L'habitant des bords du Nil et du Gange lui est aussi cher, et aussi précieux que le prêtre qui est assis sur le trône pontifical ; il

est le père de tous, comme tous sont ses enfans et ses héritiers. Ah! si ces principes de
l'ordre social, si ces maximes de l'humanité
et de l'évangile eussent été connus et annon-
cés par des apôtres de paix et de consolation,
la terre n'auroit pas été couverte de crimes et
arrosée de sang humain : on n'auroit vu ni
esclaves, ni tyrans, ni oppresseurs, ni victimes. Les hommes, unis par les liens de l'a-
mour et de la bienfaisance, auroient été libres, heureux; et la nature, en embellissant
leur séjour de toutes les beautés de la création, auroit multiplié leurs plaisirs, leur
jouissance, et Dieu ne se seroit point repenti
de les avoir créés.

Cet acte de justice et d'humanité, proclamé
par Charles, excita la haine et le fanatisme
du parlement. Loin de seconder les vues bienfaisantes du roi, ce sénat montra plus d'obs-
tination que jamais à établir la plus stricte
uniformité. Les ministres s'élevèrent avec
force contre ce système d'intolérance : ils
firent ensuite remarquer à Charles l'extrême
parcimonie avec laquelle les communes affectoient de lui accorder des subsides : ils lui
dirent que c'étoit ainsi que, sous le règne de
son père, elles avoient commencé à manifester un esprit de révolte et d'usurpation ; ils

conseillèrent au roi de s'environner de la force militaire , et de prendre les mesures. les plus promptes et les plus vigoureuses pour réprimer les factions et les entreprises de ce corps inquiet et séditieux. Avant de nous occuper de ces nouvelles révolutions, il faut examiner rapidement les opérations militaires , et faire connoître la situation où Charles se trouvoit à cette époque. Tout est intéressant dans l'histoire d'un prince qui est parvenu à remonter sur le trône de ses pères, et qui, pendant tout le cours de son règne, a travaillé à maintenir une ancienne constitution que des hommes puissans et factieux vouloient encore renverser, pour rouvrir les sources des calamités et des horreurs de la guerre civile, et conduire le peuple à l'esclavage par la tyrannie et l'anarchie.

Les finances de l'état étoient épuisées par les prodigalités de Charles ; pour les réparer, il vendit Dunkerque aux Français , et forma le projet d'attaquer la Hollande. Cette alliance qui subsistoit depuis soixante ans entre l'Angleterre et les Provinces-Unies , et qui étoit nécessaire pour arrêter les conquêtes de Louis XIV , et mettre un frein à l'ambition de ce monarque , fut rompue. Charles déclara

la guerre aux Hollandais, sous le pretexte
qu'ils s'étoient emparé dans les Indes-Orien-
tales de deux vaisseaux anglais. Le duc
d'York, génie actif et hardi, ennemi de la
Hollande par religion et par politique, ordonna, en sa qualité de grand-amiral, à
Robert Holmes, d'attaquer sur les côtes de
Guinée les établissemens hollandais. Holmes
s'empara de quelques vaisseaux marchands,
et de là, faisant voile pour l'Amérique, il fit
la conquête de la nouvelle Hollande, depuis appelée la nouvelle York. Le fameux
Ruyter partit pour l'Afrique, et chassa les
anglais de leurs anciens comptoirs : le duc
d'York mit à la voile avec une escadre, et
s'empara de plusieurs vaisseaux hollandais.
Une flotte anglaise partit des ports britanniques pour faire la conquête de Tabago :
elle rencontra l'escadre hollandaise, qui devoit s'opposer à cette expédition. Le combat
s'engagea dans la rade même de l'île, qui
devint fameuse par cette action mémorable,
dans un siècle fécond en grands événemens.

Le parlement accorda des subsides pour
continuer la guerre contre la Hollande. Charles étoit habile dans l'art de la marine ; il eût
été un grand guerrier, s'il n'eût été subjugué

par la mollesse et énervé par la débauche.
Les deux puissances équipèrent des flottes
considérables; il se livra un combat sanglant
où le duc d'York et Hopdam, amiral des
Hollandais, firent des prodiges de valeur.
Charles déclara ensuite la guerre au Dane-
marck et à la France qui s'étoient ligués avec
la Hollande. Le commandement de la flotte
anglaise fut confié au prince Rupert et au
duc d'Albermale : celle des Hollandais étoit
commandée par Ruyter et Tromp ; le combat
s'engagea. L'histoire offre peu de batailles
aussi mémorables ; on combattit pendant
quatre jours avec une valeur féroce. Ruyter
fut vaincu et sa flotte dispersée ; mais sa retraite savante et hardie fut pour lui un triomphe qui fixa l'admiration de l'Europe. Malgré
les succès brillans des Anglais, et les défaites
multipliées des Hollandais, Charles demanda
lui-même la paix ; les finances de l'état étoient
épuisées et les troupes n'étoient point payées ;
on convint que le congrés seroit fixé à Breda.
Malgré ces négociations, Ruyter partit avec
une escadre, pénétra dans la Tamise, brûla
quelques vaisseaux anglais, s'avança jusqu'aux portes de Londres, et jeta l'épouvante
et la terreur dans cette capitale : enfin la
paix fut conclue à Breda. Les communes ac-

cusèrent Charles d'avoir avili la nation par
une paix humiliante, et lui reprochèrent ses
débauches, ses prodigalités et son attachement pour la religion catholique.

La duchesse de Cumberland et le comte de An 1664.
Bristol renouvelèrent leur accusation contre
Clarendon; Buckingham, homme sans mœurs
et sans probité, se rendit son délateur. Charles
redoutoit l'austérité des principes de ce ministre, il souffroit impatiemment un censeur
fidèle et vertueux qui ne cessoit de lui repro-
cher en particulier le scandale de sa vie et la
corruption de ses mœurs. Cette inflexible fermeté à combattre les vices du prince fut regardée comme une hardiesse qu'il falloit punir.
Le roi se rendit coupable d'ingratitude et d'injustice; Clarendon fut dépouillé des sceaux,
malgré les prières du duc d'York, et Charles
le livra aux communes, qui le condamnèrent
à un exil perpétuel. Ce ministre se retira en
France, où il termina sa vertueuse carrière
dans l'étude de l'histoire et de la philosophie.

La France, long-tems déchirée par des
factions intestines, commençoit à reprendre
la gloire de son nom et de ses armes : les
grands vassaux réprimés, les parlemens hu-
miliés, les protestans subjugués, une administration brillante et heureuse présentoit

un spectacle de grandeur et de prospérité.
Louis XIV étonnoit et faisoit trembler
l'Europe par ses conquêtes et ses triomphes ;
il avoit dompté la plus grande partie de la
Flandre autrichienne, et déjà, à l'exemple
de Charles V, ce roi ambitieux méditoit
le projet chimérique et insensé de monarchie universelle. Jamais un monarque ne
soumettra l'Europe sous sa domination : ce
miracle n'appartient qu'aux républiques ;
parce que le peuple prend les armes, combat,
parcourt les contrées en conquérant et en
triomphateur , pour montrer sa force , sa
puissance et pour présenter aux autres nations les bienfaits de cette liberté dont il est
enthousiaste avec idolâtrie. La république
romaine conquit l'univers ; les conquêtes
d'Alexandre furent rapides et brillantes ,
mais bornées après sa mort ; ses états furent
partagés , et les successeurs du roi de Macé-
doine ne recueillirent aucun fruit de ses victoires et de ses travaux guerriers.

Charles convoqua le parlement pour lui
annoncer qu'il avoit déclaré la guerre à la
France ; il ne pouvoit rien faire de plus agréable à la nation, ni même de plus utile à ses
intérêts ; cependant les communes lui refusèrent les subsides nécessaires pour équiper
une flotte et fortifier les villes maritimes du

royaume. Elles présentèrent une adresse au
roi , pour réclamer l'exécution des lois rendues contre les catholiques et les non-conformistes. Cinq ministres se réunirent et formèrent une ligue pour s'opposer aux entreprises du parlement et pour affermir sur des
fondemens inébranlables la constitution de
l'état. Cliffort , génie ardent et profond ,
Sthabury , homme factieux et féroce , que les
dangers et les crimes rendoient plus hardi
dans l'exécution de ses projets, Buckingham,
usé de débauche et couvert de la haine publique, Arlinghon , redoutable par ses vices
et ses talens , Landerdale , insolent avec ses
inférieurs , abject devant ses maîtres , homme
pervers et politique rusé , formoient cette
confédération qui fut désignée sous le nom
de *cabale*, parce que les lettres initiales des
noms de ces cinq ministres composent le mot
anglais *cabal*. Ces ministres représentèrent
au roi qu'il étoit tems de s'affranchir de ce
joug humiliant que les communes vouloient
lui imposer; que sa propre sûreté, sa gloire
et l'intérêt du peuple exigeoient cet effort
de grandeur et d'autorité , et qu'il n'y avoit
qu'un monarque puissant tel que Louis XIV
qui pût le défendre contre les usurpations
d'un sénat factieux. Charles ne vit point que

son père avoit été abandonné par la France,
malgré l'alliance du sang et les intérêts de la
politique, que l'autorité de Cromwel avoit
été reconnue par cette puissance, et que lui-
même, malgré ses prières et ses larmes,
n'avoit jamais pu engager Louis XIV à lui
donner des forces suffisantes pour l'aidér à
conquérir le trône. Cependant Charles écouta
les conseils de la *cabale*, et les conférences furent ouvertes avec l'ambassadeur de France.
Louis XIV qui avoit vu avec inquiétude la
triple alliance, sut mettre à profit cet esprit
d'erreur et de délire qui égaroit le cabinet
de Londres, pour employer les forces anglaises à l'aidér à conquérir la Hollande. Ce
prince fit passer en Angleterre la duchesse
d'Orléans, sœur de Charles, épouse de Mon-
sieur, frère de Louis XIV ; elle fut accom-
pagnée de Keroüet, jeune personne ornée des
graces de la nature, qui parvint par ses charmes et par ses artifices à captiver le monarque
anglais. La duchesse d'Orléans, femme intri-
gante et adroite, employa l'ascendant qu'elle
avoit sur son frère pour l'engager à s'unir par
un traité avec la France ; elle réussit dans
cette négociation, et la perte de la Hollande
fut décidée au milieu des plaisirs et des fêtes.
Les dépouilles de cette république qu'on dé-

voit détruire étoient partagées entre les cours de France et d'Angleterre. Les bruits de cette alliance commençoient à se répandre ; mais l'Europe les écoutoit en silence : l'empereur, occupé des séditions de la Hongrie, la Suède, endormie par des négociations, l'Espagne, toujours foible, toujours irrésolue et toujours lente, laissoient une libre carrière à l'ambition de Louis XIV. La Hollande étoit divisée en deux factions ; la première, des républicains rigides qui vouloient que la nation exerçât la plénitude de l'autorité ; l'autre, des républicains mitigés, qui vouloient conserver au jeune prince d'Orange, si célèbre depuis sous le nom de Guillaume III, le pouvoir exécutif et la suprême magistrature. Le grand-pensionnaire Jean de With et Corneille son frère, étoient les chefs des défenseurs ardens de la liberté ; mais le parti du jeune prince commençoit à prévaloir. La république, plus occupée de ses dissensions que de son danger, prépara elle-même sa ruine, et ce fut au milieu de ces factions que Louis XIV fit la conquête de la Hollande.

L'alliance de l'Angleterre avec la France étoit si contraire aux intérêts de la nation, qu'elle en témoigna publiquement sa sur-

prise et son mécontement. Dans le même
tems, le duc d'York abjura la religion protestante entre les mains du jésuite Simon,
et annonça solemnellement qu'il étoit catholique romain. Cette déclaration imprudente de l'héritier présomptif de la couronne
en faisant naître des craintes pour l'avenir,
confirma celles qu'avoit donnée la proclamation de l'édit de tolérance. On crut voir
dans l'abjuration du duc d'York, et dans
l'alliance avec la France une conspiration
formée contre la religion de l'état et contre
la liberté publique.

Les opérations politiques qui suivirent
cette négociation avec la France, déjà si
alarmante, augmentèrent les murmures et
les craintes du peuple. Charles réprit son
premier projet d'abolir les lois pénales rendues contre les conformistes : il publia un
second édit de tolérance générale, et rétablit le conseil de guerre, qui avoit été
supprimé par les nouvelles institutions. Le
roi exerçoit les droits de l'autorité sans opposition et sans résistance, parce qu'il ne
cessoit de proroger les parlemens qui atta-
quoient son administration, et qui s'occupoient à détruire la constitution pour y substituer un gouvernement démagogique. Il

faut croire que si la situation de ses finances eût pu seconder ses dispositions am-
bitieuses, il eût suivi le système politique de
Henri VIII et d'Elisabeth, en exerçant un
despotisme absolu; mais l'impuissance où il
étoit par les lois constitutionnelles à lever
les impôts annuels sans la sanction du parlement, resserroit les bornes de son pouvoir,
et formoit une barrière qui s'opposoit à l'exercice de la plénitude de la souveraineté. Charles
avoit besoin des subsides pour fournir à ses
plaisirs, à son faste, à ses prodigalités, et il
ne pouvoit en obtenir qu'en convoquant le
parlement. Les ministres proposèrent au roi
un de ces expédiens qui, en prouvant l'habileté du génie fiscal et calculateur, viole en
même tems la foi publique, anéantit le crédit
national et outrage les lois éternelles de la
justice et de la morale; l'échiquier destiné à
recevoir en dépôt l'argent des riches particuliers, fut fermé; les paiemens des ban-
quiers furent suspendus : Charles s'empara
des sommes qui étoient contenues dans l'échiquier. Lorsqu'un gouvernement usurpe les
propriétés des citoyens, l'on peut dire que
l'état est prêt de sa dissolution, et que cette
violation des droits les plus sacrés produira
la corruption des mœurs publiques, et de-

viendra la cause et le prétexte des malheurs
et des déchiremens qui bouleverseront le
corps politique. La guerre fut déclarée à la
Hollande ; l'escadre anglaise , commandée
par le duc d'York , eut ordre de se réunir à
la flotte française , dont le commandement
avoit été confié au maréchal Destrées ; l'escadre hollandaise étoit commandée par Ruyter ; il se livra un combat sanglant : la victoire resta indécise. On prétend que le maréchal Destrées reçut l'ordre secret d'agir avec
lenteur et de laisser les flottes hollandaise
et anglaise s'affoiblir et se détruire.

Charles , après avoir épuisé les ressources
de la fiscalité et employé ces moyens violens
et injustes qui jetèrent Londres dans la cons-
ternation , fut forcé de convoquer le parlement. Il parla dans un long discours de son
zèle et de son attachement pour la religion
de l'état , s'étendit sur les dépenses qu'entraîne une guerre longue et meurtrière, prouva les avantages et la sagesse de son édit de
tolérance , et demanda de nouveaux subsides.
Les communes reprochèrent au roi d'avoir
violé les droits du peuple , et refusèrent les
subsides jusqu'après la révocation de l'édit
de tolérance. La cabale exhorta le roi à soutenir avec fermeté son autorité , à se mettre

à la tête d'une armée, de déployer l'étendard
de la guerre, et de faire arrêter les membres
des communes qui avoient voté dans cette
délibération : heureusement les conseils de
ces ministres perfides furent rejetés ; Charles
fût trop prudent et trop sage pour ouvrir ces
sources d'une guerre civile qui auroient peut-
être ensanglanté le trône. Entraîné par les
séductions de ses maîtresses, par les conseils
de la cour de France et par l'indolence de son
caractère, il reçut la loi que les communes lui
imposèrent ; en conséquence il révoqua l'édit
de tolérance, et en brisa lui-même les sceaux :
ses défenseurs regardèrent cet acte de prudence et de la nécessité comme l'ouvrage de la
foiblesse et de la lâcheté. Statbury quitta le
ministère, et devint un ennemi forcené qui,
dans sa rage frénétique, ne médita que des
crimes et des conspirations. Les communes
passèrent ensuite le fameux bill du *test*, qui
soumettoit les fonctionnaires publics à renoncer à la suprématie du pape, et à abjurer la doctrine de la transabstantion. Plusieurs ministres donnèrent leur démission,
et le duc d'York quitta sa charge de grand-
amiral : les hostilités recommencèrent contre
la Hollande ; où, après quelques pertes et
quelques succès, on ouvrit les conférences

de paix à Cologne, sous la médiation du roi
de Suède.

Le parlement s'opposa au mariage du duc
d'York avec une princesse de Modène : il
ordonna, comme dans un tems de calamité,
un jeûne général ; demanda la suppression
de la garde du roi et l'expulsion des ministres.
Charles prononça la dissolution de ce parlement ; mais le nouveau, qui fut convoqué,
suivit les mêmes principes, et manifesta les
mêmes dispositions : il demanda au roi de
rappeler les troupes qu'il avoit au service de
la France, fit quelques réglemens qui tendoient à affoiblir l'autorité royale, et accorda ensuite des subsides avec quelques
modifications ; de nouveaux besoins exigèrent de nouveaux sacrifices. On a détaché
Charles de l'alliance de la France ; on l'a
forcé de cesser d'être l'instrument merce-
naire de la grandeur de cette puissance ; mais
si le roi demande encore des subsides, il
faut qu'il se ligue avec la Hollande et l'Espagne pour combattre Louis XIV. Charles
fit une alliance avec ces deux puissances,
et ce qui paroît inconcevable, c'est qu'à
peine on eût fait des armemens et sur terre
et sur mer, que le parlement, inquiet de
voir son roi à la tête d'une armée, demanda

qu'elle fût licenciée, de sorte que, faute de
fournir le contingent convenu réciproque-
ment par les puissances liguées, l'Angleterre laissa signer le traité de Nimègue, où
Louis XIV donna la loi en vainqueur, et
réunit à son empire de vastes et fertiles
provinces. Cependant il étoit de l'intérêt de
la Grande-Bretagne de s'opposer à l'ambition et aux conquêtes de Louis XIV, et de
défendre cette balance politique qui coûta
ensuite tant de sang pour la rétablir. Charles
se plaignit, et accusa le parlement d'avoir
avili la nation. Le parlement voulût se justifier en dénonçant le roi comme l'oppresseur de la liberté publique, l'ennemi du peuple, et comme l'auteur des dissensions qui
déchiroient l'état. Nous entrons encore dans
le détail d'extravagances incroyables. Qu'il
est pénible pour nous de ne présenter que
le tableau des meurtres, des crimes et des
usurpations! Dans cette triste et doulou-
reuse situation, nous n'avons point la consolation d'offrir le spectacle de quelques
vertus publiques. Il semble que la nature,
dans ses décrets rigoureux, ait condamné
l'homme à être malheureux au sein des institutions civiles : elle veut le punir de ce
qu'il s'est écarté de ses saintes lois.

11 *

Un nommé Titus Vate, anabaptiste con-
verti, né dans la bassesse, élevé dans le
vice, et vieilli dans le crime, médita de se
venger des jésuites qui l'avoient chassé d'un
de leurs collèges : il leur attribua un complot dont la simple exposition devoit en dé-
montrer l'absurdité et l'imposture. Vate ins-
truisit le roi que cette société formoit une
conspiration pour lui ôter la vie par un breu-
vage empoisonné que lui présenteroit le médecin de la reine ; que le pape devoit donner
la couronne au duc d'York, et que tout citoyen, qui ne seroit pas catholique romain,
seroit égorgé. Charles, qui reçut les détails
de cette prétendue conspiration dans un long
mémoire, n'y vit qu'un mensonge et une
calomnie adroitement concerté ; mais comme
malheureusement avant que ce mémoire lui
fût parvenu Godfrey, officier de justice, en
avoit dressé procès-verbal ; le roi ne pût se
dispenser d'en instruire le parlement. Il n'y
avoit pas long-tems que le duc d'York avoit
épousé une princesse catholique : cette union
avoit produit les murmures et excité les
haînes. La faction parlementaire, dirigée
par Statbury, crut que la découverte de
cette conspiration chimérique, et que la
mort de Godfrey, qui avoit été assasiné,

seroient un prétexte suffisant pour persécuter
les catholiques , pour exclure du trône le duc
d'York et pour combattre l'autorité royale.
Quelque absurde que parut être cette accusation , quelque évidente qu'en fût l'imposture , on barricada les rues ; le parlement
ordonna un jeûne général pour la conservation des jours d'un prince qu'il persécutoit ,
renouvella le serment d'allégeance et de suprématie ; les lords Powis , Straford , Aran-
del furent envoyés à la tour ; Coloman , se-
crétaire de la duchesse d'York et plusieurs
autres victimes périrent sur l'échafaud ; l'in-
fàme Vate reçut le prix de ses crimes , il
fut comblé de biens : on lui donna le nom de
sauveur de la patrie. Les communes proposèrent l'exclusion du duc d'York au trône et
l'exil de la reine. Charles redouta une révolution ; pour la prévenir , il prononça la dissolution de ce parlement , qui marchoit à
grands pas sur les traces de ce long parlement qui , par de semblables moyens , avoit
conduit Charles Ier. à l'échafaud , et détruit
la constitution de l'état. Le roi avoit éternellement besoin des subsides , et pour les
obtenir , il falloit un parlement : il donna
les ordres nécessaires pour l'élection d'un
nouveau. Les sectaires , dans leur frénésie ,

n'écoutèrent et ne suivirent que les impressions de leurs vaines terreurs. Ces exécutions sanglantes, dont ils venoient d'être les témoins, au lieu de les attendrir et d'exciter leur compassion, ne servirent qu'à redoubler leur inquiétude et à exciter leur férocité. On crut que la religion de l'état, et la liberté du peuple étoient menacées d'une subversion prochaine. Les presbytériens, animés par Statbury, parcouroient les bourgs et les comtés pour choisir et faire nommer les membres qui devoient composer le nouveau parlement. A peine fut-il assemblé, qu'il reprit l'examen de la prétendue conspiration des papistes : on renouvella l'exclusion du duc d'York et l'exil de la reine. Charles sortit de sa funeste léthargie, et interrompit le cours de ses plaisirs pour s'opposer à ces divisions funestes et sans cesse renaissantes, qui sembloient menacer l'état d'une dissolution prochaine. Charles prit toutes les mesures que lui dicta son conseil ; proposa les expédiens les plus sages pour rétablir la paix publique ; mais tous ses efforts, et toutes ses dispositions pacifiques, ne servirent qu'à enhardir les sectaires et à donner une nouvelle activité à leur haîne et à leurs fureurs. Le roi, après avoir prorogé trois fois

le parlement, fut forcé de le dissoudre : il
invoqua la justice des lois contre ces agitateurs perpétuels qui vouloient bouleverser
l'état, immoler des victimes, et ne s'entourer
que de ruines ; il punit ceux qu'il n'avoit pu
ramener par la douceur ; il parvint par sa
fermeté à détruire cette confédération qui
vouloit ramener ce tems de crimes et de
confusion, dont le règne de Charles Ier. avoit
présenté le triste et sanglant tableau. On
regrète que ce prince si propre à tenir les
rênes d'un empire divisé, les eut laissé si
long-tems flotter au gré des factions pour
se livrer à la mollesse et à la volupté.

Charles, pour rétablir l'ordre et la paix, An 1675.
fut forcé de prendre quelques mesures sé-
vères qui répugnoient à son cœur et à ses
principes ; il exhorta le duc d'York à sortir
du royaume, soit pour le soustraire à la persécution des communes, soit pour leur ôter
ce prétexte éternel de jalousie et d'inquiétude affectées : il exclut les catholiques des
fonctions publiques, et fit procéder à l'é-
lection d'un nouveau parlement. A peine
fut-il convoqué que les communes se hâtèrent de prendre le cours des anciennes accu-
sations, et demandèrent la mort de Dunby
Thesaurier, que l'on avoit impliqué dans la

terrible conspiration des *papistes*. Le roi mit
son ministre à l'abri des poursuites, en vertu
de sa prérogative de pardon. Les communes
contestèrent ce privilège royal, et établirent
le fameux bill d'*habeas corpus*, loi juste et
nécessaire pour affermir la liberté publique
et pour arrêter l'abus des emprisonnemens
arbitraires. Le peuple s'enorgueillit de cette
loi ; mais le gouvernement la viole tous les
jours : cette violation n'excite ni plainte,
ni murmure, tant la nation paroît aujour-
d'hui oublier ses droits. C'est dans sa profonde corruption qu'elle s'est endormie dans
l'esclavage. Les communes rendirent un décret qui excluoit le duc d'York du trône
britannique, mais ce décret ne reçut point
une sanction légale, parce que les pairs
refusèrent de le confirmer. Charles appela à
son conseil le chevalier Temple, citoyen vertueux qui, dans les négociations dont il fut
chargé, ne consulta que l'intérêt du peuple et
la gloire du roi, incapable d'être complice des
intrigues des cours et dé fomenter des troubles
populaires. Ce ministre conseilla à Charles de
composer son conseil des membres du parti
de l'opposition. Cette mesure politique annonce ou la foiblesse ou la corruption : elle
a toujours réussi au gré du parti ministériel.

En Angleterre, la corruption a des ramifi-
cations immenses. Les ministres qui assis-
tent au conseil privé du roi et dirigent l'administration publique, n'ont plus les mêmes
principes et les mêmes opinions qu'ils ma-
nifestoient dans le parlement, comme membres des communes : ils perdent leur popu-
larité et vendent leur conscience pour conserver leur place et la confiance du roi ; dépositaires du secret du gouvernement, ils
redoutent que des réformes et des innovations ne viennent fatiguer le monarque et
ne produisent un nouvel ordre de choses
qui détruise les projets et leurs espérances.
Alors la séduction se répand comme un torrent, et renverse les barrières que la liberté
avoit élevées pour s'opposer aux efforts du
despotisme. Le patriotisme n'existe plus, les
vertus publiques sont anéanties ; le peuple a
perdu ses défenseurs, et ces hommes, qui
avoient combattu pour défendre sa liberté
et ses droits, lui forgent eux-mêmes les
chaînes de la servitude.

Le comte d'Essex, le comte de Scander-
lang, le vicomte d'Halifax, entrèrent au conseil privé ; Statbury en fut nommé président :
mais cet homme inquiet et féroce, qui ne
cessoit de parler et d'admirer Cromwel, con-

tinua à combattre les prérogatives royales,
et préféra de dominer au parlement, à gouverner les affaires de l'état. Il s'étoit ligué
avec le comte de Montmouth, fils naturel de
Charles, et l'avoit flatté que l'exclusion du
duc d'York lui assureroit les droits au trône.
Ce jeune ambitieux le crut; il conspira contre
son père et contre son roi.

Les nouveaux ministres furent bientôt ren-
voyés; le parlement continuoit ses complots
pour renverser la constitution de l'état.
Charles publia un manifeste pour dénoncer
à la nation les délibérations des communes,
qui, sous prétexte de défendre ses droits,
introduisoient dans l'état une anarchie funeste, et détruisoient cette considération
politique dont l'Angleterre jouissoit chez les
puissances étrangères; il annonça qu'il alloit
anéantir cette confédération dangereuse et
coupable, par la dissolution du parlement.
Ce manifeste fit de profondes et salutaires
impressions, et éclaira la nation sur les sentimens et les principes qui dirigeoient les
communes : le parti des défenseurs de la
constitution s'augmenta et se fortifia. Cette
différence d'opinions, de maximes et de pré-
tendus intérêts, divisa à cette époque la nation en deux factions auxquelles l'antipathie

et la prévention respectives donnèrent la
dénomination que chaque parti crut être la
plus infamante pour le parti opposé ; les parlementaires furent appelés *whights*, par allu-
sion à quelques fanatiques écossais qui étoient
odieux et distingués par ce mot vîde de sens;
les royalistes reçurent le nom de *torys*, pour
désigner quelques catholiques que l'on appeloit ainsi en Irlande. Ces derniers se déclarèrent les amis du roi et les défenseurs des
prérogatives de la couronne. Les wights sont
aussi prêts à détrôner un monarque qui exerce
un pouvoir absolu, qu'à défendre un prince
qui respectera les droits du peuple. Le Tory,
dit Hume, est un homme qui s'attache à la
monarchie, sans abandonner la liberté ; il
est un partisan de la maison de Stuard : le
wight est un homme qui aime la liberté, sans
renoncer à la monarchie, qui s'affectionne
pour la ligue protestante et pour la race de
Brunswick. Ces deux factions existent encore
en Angleterre : soit raison, soit justice, soit
intérêt, soit corruption, le *torysme* a vaincu
le *whightisme* et domine dans le parlement.
Cette dernière faction confondue et humiliée
se contente, dans ses discours publics et dans
ses conciliabules secrets, de déclamer contre
l'administration, d'outrager les ministres,

d'attaquer les abus du pouvoir et l'influence
de la couronne.

Charles, fortifié par un parti puissant,
chercha à éclairer et à instruire cette classe
d'hommes qui ne se déterminent que sur des
rapports, nourissent des préventions froides
et inactives, et attendent dans le silence que
la vérité vienne dissiper leurs erreurs et leurs
préjugés. Le roi publia et fit lire dans les
églises un second manifeste, où il rendit
compte à la nation des motifs qui l'avoient
forcé à dissoudre les deux derniers parlemens ; il se plaignit que les communes a-
voient refusé les subsides nécessaires pour la
défense de Tange, dont la conservation
intéressoit l'honneur et le commerce britannique, et avoient rendus un décret qui défendoit à tous ses sujets de le secourir dans le
besoin où se trouvoient les finances. Charles
reçut les remerciemens du peuple ; il lui offrit
son sang et ses trésors pour défendre les droits
du trône et la constitution de l'état. Le roi
convoqua un nouveau parlement ; lui parla
de la manière la plus touchante et la plus
affectueuse ; il lui témoigna combien il dési-
roit d'agir de concert pour maintenir l'union
et la confiance si nécessaires pour le bonheur
du peuple et la prospérité de l'empire. Les

communes furent insensibles à ces paroles de
paix et de consolation; ce discours attendrissant, émané du trône, excita leurs passions
et fomenta leurs haines ; elles se livrèrent
aveuglément à toutes leurs frénésies ordinaires ; accusèrent les défenseurs de la constitution du crime de trahison ; et ces mêmes
communes qui avoient créé le bill d'*habeas
corpus,* furent les premières à violer cette loi
par des emprisonnemens arbitraires. Elles
firent revivre cette éternelle conspiration qui
servoit de prétexte à alimenter leur vengeance et leur haine contre les catholiques,
prononcèrent une seconde fois l'exclusion du
duc d'York au trône d'Angleterre, demandèrent qu'Halifax, un des ministres de
Charles, fut éloigné du conseil du roi, et
reprirent le procès des lords qui avoient été
impliqués dans la dernière conspiration.

Charles regardoit l'ordre héréditaire de la An 1680;
succession au trône comme une loi antique
et constitutionnelle qu'il falloit défendre :
sa violation entraînoit la chûte du pacte social, et devenoit une source perpétuelle de
conspiration, de meurtre et d'usurpation.
Charles devoit opposer la force dont la
constitution l'environnoit, pour s'opposer
aux entreprises d'un parlement qui n'avoit

ni le droit, ni le pouvoir d'intervertir cet
ordre qui fixoit l'hérédité de la couronne, et
de détruire une loi fondamentale de l'état.
Le roi fut inébranlable ; il avoit pris toutes
les précautions nécessaires pour que la religion de son frère fût regardée comme une
affaire privée et particulière entre sa conscience et le ciel, et pour qu'elle n'influa point
dans le gouvernement ni dans l'administration des affaires publiques ; il déclara aux
communes qu'il avoit consulté les pairs du
royaume , et qu'il ne consentiroit jamais
qu'on portât atteinte à la loi de la succession
héréditaire. Les communes publièrent de nouveaux décrets semblables à ceux qui avoient
précédés la mort de Charles Ier. : elles avoient
formé le projet d'écarter du conseil du roi
ceux qui pouvoient défendre ses droits, afin
de le réduire dans une dépendance servile.
Statbury avoit choisi le duc de Montmouth
pour l'opposer au duc d'York ; il avoit déjà
séduit sa jeunesse et flatté son ambition.
Ce prince avoit été complice de quelques
conspirations tramées contre la tranquillité
de l'état ; le roi avoit été forcé de le bannir
du royaume et même de déclarer l'illégiti-
mité de sa naissance ; les communes demandèrent son retour. Il fallut dissoudre le par-

lement : Charles donna les ordres pour procéder à une nouvelle élection ; mais il éloigna
de Londres ce corps redoutable , et fixa à
Oxfords le lieu de ses séances. Les communes
se rendirent en cette ville : les mêmes objets
et sur-tout l'exclusion du duc d'York furent
agités avec plus de fureur et de violence que
jamais ; mais les extrêmes passions produisent l'aveuglement et le délire : les communes
eurent l'imprudence de contester aux pairs
quelques - unes de leurs prérogatives ; et
comme la noblesse dans tous les gouvernemens est jalouse de conserver et d'étendre
ses priviléges , la chambre des pairs vint
fortifier le parti du roi. Charles sut profiter
de ces heureuses dispositions pour dissoudre
ce dernier parlement.

Le peuple applaudit à cette mesure politique : la faction des torys domina , et celle des
wighs poussa des cris impuissans. Charles
assuré du vœu national à qui tout doit céder ,
exerça toute la plénitude de l'autorité ; il fit
venir à la cour le duc d'York qu'il avoit envoyé en Ecosse : le plaça à la tête de l'administration , et partagea avec lui l'exercice du
pouvoir souverain. Charles , après avoir détruit cette confédération qui sembloit menacer l'état d'une dissolution prochaine , ne

laissa échapper aucune marque de ressenti-
ment ; il ne se permit aucun acte de vengeance ; il n'eût point versé le sang, si des
coupables n'eussent provoqué sa justice plus
que son courroux. Un historien doit être vrai
et juste : justice et vérité, voilà ses premiers
devoirs ; il est indigne d'exercer l'auguste
ministère dont il est revêtu, s'il les mécon-
noit ou les trahit ; il doit être ferme et inexo-
rable et prendre une plume de feu lorsqu'il
offre le tableau des crimes des rois. Il faut
faire trembler les tyrans et les oppresseurs
des peuples ; il faut leur imprimer un caractère d'opprobre et les dévouer à la malédic-
tion des siècles ; mais lorsque les rois exercent
quelques vertus et pratiquent les lois saintes
de l'humanité, il faut en présenter le tableau
attendrissant, pour consoler les opprimés et
instruire les administrateurs des empires.

An 685. Quelques jours avant la convocation du
dernier parlement à Oxfords, Charles avoit
été attaqué d'une maladie dangereuse ; le
duc de Montmouth, les lords Grey, Russel,
Hampden, le comte d'Essex excités par Statbury, s'étoient réunis et avoient formés un
complot pour changer la constitution de
l'état, et pour exclure du trône le duc d'York.
Les conjurés tentèrent de soulever toute la

partie occidentale du royaume. Statbury ,
irrité des délais que chaque conspirateur
apportoit , mourut de désespoir. Les chefs
de la conjuration étoient divisés sur la forme
du gouvernement qu'il falloit établir ; les uns
vouloient le gouvernement démocratique ,
les autres la constitution actuelle , avec des
modifications ; mais tous conspiroient contre
le duc d'York. On impliqua dans cette conjuration Sydney qui , au milieu des fêtes , des
plaisirs et de l'étude de la science politique ,
défendoit la liberté publique , et qui , par
principe et par caractère , étoit bien éloigné
de conspirer contre l'état. Dans le même
tems se forma une nouvelle confédération :
ces deux conspirations éclatèrent à-là-fois ;
elles étoient d'autant plus dangereuses , que
formées séparément dans leur origine , elles
se réunissoient et se prêtoient leurs forces
respectives. Au moment fixé pour leur exécution , elles furent découvertes : le comte
d'Essex fut trouvé égorgé dans sa prison ;
Russel et plusieurs autres conjurés furent
punis de mort. Sydney périt sur un échafaud ;
tous les amis de la justice ont versé des pleurs
sur le tombeau de cet intrépide défenseur des
droits du peuple. Les historiens ont vengé la
mémoire de cet auguste martyr de la liberté ,

12

et ont exposé au respect et à l'admiration des
siècles, un philosophe qui a servi l'humanité par son génie et ses vertus.

Charles pardonna à Montmouth, et le
réconcilia même avec le duc d'York ; mais
ce prince factieux ne jouit pas long-tems
de la clémence et de la tendresse de son
père, il continua ses complots, et ses machinations, et força le roi de le bannir une
seconde fois du royaume. Il expia, sous le
règne suivant de son sang, son ingratitude
et son indomptable férocité. L'allégresse fut
universelle, toutes les provinces, toutes les
corporations des trois royaumes envoyèrent
à Charles des députés pour le remercier
d'avoir rétabli dans ses états l'ordre et les
lois par sa justice, sa sagesse, la douceur
de son administration, et d'avoir enchaîné
toutes ces factions qui désorganisoient l'état
social, et fomentoient toutes les passions :
les prêtres même, ces terribles organes de
la sédition sous le règne de son père, faisoient retentir les temples sacrés des éloges
du monarque, et ne prêchoient que l'obéissance et la soumission : les universités établirent la même doctrine dans leurs écoles
et dans leurs conférences. On institua des
fêtes civiques, et des cérémonies religieuses

pour célébrer ce grand et mémorable événement. Ce fut dans ces circonstances heureuses et consolantes que Charles mourut :
il demanda avant sa mort de recevoir la
communion romaine.

Charles ne fut pas un grand prince quoiqu'il eût les talens nécessaires pour le devenir. A la vivacité et à la pénétration de
l'esprit, il réunissoit un jugement solide,
et l'avantage d'avoir, dans l'adversité, observé le caractère des hommes et la nature
des choses ; mais Charles se livra à tous les
excès de la débauche et son ame fut énervée
par les plaisirs ; il épuisa les finances de l'état
pour satisfaire ses prodigalités ; il exerça un
despotisme qui allarma les véritables défenseurs de la liberté, et viola quelquefois
la constitution pour étendre son pouvoir ;
cependant il sut la sauver des fureurs des
sectaires et des conspirations sans cesse
renaissantes des communes, et parvint par
sa fermeté à l'affermir et à la consolider.
Charles fut humain et compatissant. Comme
particulier, il possédoit de grandes et pré-
cieuses qualités : tout ce que la politesse affa-
ble a de plus engageant, tout ce que les manières simples ont d'intéressant, agrément,
esprit, il réunissoit tout ce qui séduit, tout

ce qui plaît, tout ce qui attache. Charles,
en recouvrant l'empire, avoit introduit
parmi son peuple l'esprit de société, le goût
de la table, de la galanterie, de la conversation, des spectacles, de tous les plaisirs
qu'il avoit trouvés en Europe, quand il erroit d'une cour à l'autre pour conquérir une
couronne que son père avoit perdue sur l'é-
chafaud. Il ne falloit pas moins qu'une semblable révolution pour lui assurer un trône
qui venoit d'être ensanglanté. Ce prince
étoit un de ces voluptueux délicats que l'a-
mour des plaisirs sensuels rend quelquefois
humain et sensible à la pitié.

Charles ouvrit quelques sources de la félicité publique : il agrandit le commerce national, féconda l'agriculture, supprima la
mendicité, multiplia les ateliers de charité
et les asyles de l'infortune, protégea les
sciences et les arts ; à sa voix, la philosophie répandit ses lumières et ses bienfaits,
et le génie enfanta des miracles. La physique
eût Newton ; la politique et la législation,
Hobbes, Sydney et Locke ; l'histoire, Clarendon, Brunet ; la chaire, Tilopson ; les
sciences, Bukler ; l'art dramatique, Dryden
et Way. Les grandes révolutions dans l'empire des sciences et des arts ont constam-

ment suivi les grandes révolutions dans l'état politique. Périclès, maître d'Athènes, y ouvrit ce siècle brillant qu'Alexandre continua. Jules-César avoit préparé le siècle d'Auguste en ouvrant aux Arabes la carrière des conquêtes. Mahomet les jetta dans celle des sciences et des arts que cette nation barbare n'eût jamais connu sans cette révolution. Les Médicis, maîtres de Florence, introduisirent les sciences et les arts. Dans la Rome moderne, ils durent leur essor à Jules II, qui, pour nous servir des termes de Brantôme, étoit *un maître homme quoique prêtre*. Son génie, aussi fort que vaste, passa chez les Michel-Ange, les Raphaël, les Bramante qui s'élevèrent à la grandeur de ses idées. Aussi en France, le siècle de Louis XIV fut l'ouvrage du cardinal de Richelieu, et l'Angleterre dût à Cromwel le règne brillant de Charles II.

Sous le règne de Charles, on comprit cette vérité éternelle, que l'anarchie est un fléau qui étend l'infortune et la corruption sur tous les membres de l'ordre social ; elle prépare les crimes et l'esclavage des peuples, et, après de sanglantes révolutions, elle brise le corps politique et l'entraîne vers sa dissolution. On ne connoît point ces déchi-

remens et ces calamités dans un état où le
gouvernement sait faire respecter et observer la constitution et les lois ; le peuple com-
prend combien il lui importe , pour son intérêt , pour sa prospérité , pour son bonheur,
d'aimer et d'obéir au pacte social qui le
régit , d'exercer la justice , de pratiquer la
morale , de maintenir l'ordre , de défendre
sa liberté et de détruire ces sectes altières ,
ces associations séditieuses qui , sous prétexte de salut public , prêchent la révolte ,
perpétuent les factions, fomentent les haines,
éteignent l'esprit public et détruisent le crédit national. Le peuple ne sera libre et heureux que lorsqu'il chérira sa constitution et
son gouvernement. Alors la paix affermira
la liberté , et ouvrira toutes les sources de
la félicité publique ; alors on ne verra point
se former ces orages politiques , ces révolutions désastreuses qui ébranlent les empires,
et inoculent à une nation douce et polie les
fureurs du fanatisme politique et les attentats
de la férocité.

An 1685.   Les dispositions favorables dans lesquelles
se trouvoit la plus grande partie de la nation , au moment de la mort de Charles II ,
influèrent considérablement sur les marques
d'affection et d'amour qu'elle témoigna à

Jacques lorsqu'il monta sur le trône. Tous
les ordres de l'état lui prodiguèrent les éloges
les plus flatteurs. Le respect s'unit à l'adulation et l'enthousiasme au délire. Jacques
convoqua le parlement et promit avec serment de maintenir la religion nationale,
de conserver les droits et les privilèges du
peuple, et de respecter la constitution et
les lois fondamentales de l'état. Cependant
il ordonna, par une proclamation, que les
droits d'entrée et la plus grande partie de
l'acise continueroient à être perçus. Il falloit
une loi du parlement pour renouveller cet
impôt fiscal, qui avoit été accordé sous le
règne de Charles, et dont la perception devoit cesser à sa mort. Cet acte du pouvoir
absolu annonça une administration oppressive et arbitraire : les craintes et les murmures succédèrent à la confiance et à l'allégresse. Jacques, non content de violer son
serment, manifesta ouvertement son projet
de détruire la religion anglicane, et de rétablir le catholicisme. Il assista à une messe
publique et célébrée avec toute la pompe
romaine : il s'y rendit avec tout son cortége
et avec tous les attributs de la majesté
royale ; il envoya ensuite un agent à Rome
pour négocier avec Innocent XI la destruc-

tion du schisme et la réconciliation de l'Angleterre avec le saint-siége, projet imprudent dont le judicieux pontife le blâma lui-même. Les cardinaux disoient, en plaisantant, que Jacques devoit être excommunié pour détruire ainsi les foibles restes du catholicisme en Angleterre.

Charles, dit Voltaire, avoit embrassé la religion catholique à la fin de sa vie, par complaisance pour ses maîtresses, et pour son frère : il n'avoit, en effet, d'autre religion qu'un pur déïsme. Jacques, au contraire, attaché depuis sa jeunesse à la communion romaine par persuasion, joignoit à sa croyance l'esprit de parti et de zèle. C'est une entreprise quelquefois très-aisée de rendre une religion dominante dans un pays : Constantin, Clovis, Gustave Vasa, la reine Elisabeth firent recevoir chacun, par des moyens différens, une religion nouvelle ; mais pour opérer ces grands changemens, il faut une profonde politique, et des circonstances heureuses : l'un et l'autre manquoit à Jacques.

Le roi concerta avec la reine, la comtesse de Dorchester sa maîtresse, et le jésuite Péters, qu'il créa ministre-d'état, homme intrigant, impétueux, dévoré de l'ambition

d'être cardinal et primat d'Angleterre, les
moyens d'engager son peuple à adopter la
religion catholique, qu'il regardoit comme
la religion de l'esclavage. Jacques convoqua
le parlement et lui renouvella les mêmes sermens qu'il avoit déjà violés, comme si une
première violation n'eût pas déjà suffit pour
le rendre suspect. Après avoir insisté sur sa
résolution à maintenir la constitution, il proposa un traité dont l'effet immédiat étoit de
renverser cette même constitution par la suppression indirecte du parlement qui résultoit
de sa proposition. Il demanda qu'il lui fût as-
signé un revenu fixe et perpétuel, c'est-à-dire
qu'on l'affranchit de la nécessité de demander la sanction des communes, lorsqu'il s'a-
giroit de créer ou de renouveller les impôts.
Cette demande frappa d'étonnement tous les
esprits. Le parlement trahit les droits du
peuple en accordant au roi un revenu fixe et
perpétuel. Ce privilége extraordinaire tendoit à établir le despotisme sur les débris de
la constitution; le peuple qui se plaisoit dans
son esclavage et dans sa corruption, ne mur-
mura point contre cette usurpation qui détruisoit sa liberté et ses lois. Les communes, dans
leur adresse de remerciement, dirent à Jacques qu'il pouvoit disposer des fortunes et du

sang de ses sujets ; mais elles le conjurèrent
de conserver la religion de l'état. Si le roi
eût éloigné de son conseil les prêtres romains,
s'il eût consulté les règles de la sagesse et de
la politique, il seroit parvenu à exercer sans
opposition toute la plénitude de la souveraineté. Il faut convenir qu'aucun roi d'Angleterre ne commença son règne sous de si heu-
réux auspices. Un prince qu'une partie de la
nation avoit voulu exclure de la couronne,
qui se trouve assis sur le trône, livré à sa
propre sagesse, qui exerce paisiblement les
droits de l'autorité qu'il a su étendre, doit
avoir bien peu de génie et de prudence, s'il
en tombe jamais : un roi sans politique n'est
pas digne de régner ; cet art doit être sa première vertu.

A peine les communes eurent-elles donné
au roi ces premiers témoignages d'une obéissance servile, bien rare dans l'histoire des
parlemens précédens, qu'elles se hâtèrent de
manifester leur zèle et leur affection pour un
prince qu'elles chérissoient. Vate, ce fameux
imposteur qui, sous le règne dernier, avoit
accusé les catholiques de vouloir faire périr
Charles, fut condamné à mort. On apprit que
Montmouth étoit rentré en Angleterre ; qu'il
avoit publié un manifeste séditieux, et qu'il

s'avançoit à la tête d'une armée. Aussitôt le parlement s'assembla ; déclara Montmouth coupable de haute trahison : assigna au roi des subsides considérables pour les frais de la guerre, et délibéra de suspendre ses séances jusqu'à ce que le roi ordonne de les reprendre. Le comte d'Argyle se réunit à Montmouth ; il fut vaincu, fait prisonnier et condamné à mort. Montmouth, accablé par cette perte, se déconcerta, et se livrant à son aveugle destinée, marcha au devant des troupes royales : il fit des prodiges de valeur ; mais son armée fut taillée en pièce : il échappa au carnage, prit les habits d'un paysan et se cacha dans un fossé où il fut découvert ; il périt sur l'échafaud.

Le supplice de Montmouth rappela une foule de circonstances où le roi, lorsqu'il n'étoit encore que duc d'York, et gouverneur d'Irlande, avoit donné des preuves d'un caractère vil et féroce ; on lui reprocha d'avoir interrogé lui-même et jugé quelques non-conformistes ; d'avoir été présent à la torture qu'il leur faisoit donner ; d'avoir examiné ces malheureux avec une curiosité barbare, pour observer sur leurs visages l'effet de la douleur et du désespoir ; de s'être sauvé dans une grande chaloupe au moment où le vaisseau

qu'il montoit étoit prêt à périr ; de l'avoir
remplie avec grand soin des chiens et des
Jésuites , tandis qu'il écartoit de cet asyle
conservateur plusieurs seigneurs et même
son beau-frère , qui furent ensevelis dans les
flots ; d'avoir fait couper les mains de quel-
ques-uns qui , nageant près de la chaloupe ,
cherchoient à s'y attacher. L'indignation publique éclata au récit de toutes ces horreurs
peut-être exagérées : la haine et l'exécration
furent générales lorsqu'on apprit les cruautés
qui se commettoient au nom du roi sur les
complices de Montmouth. La tyrannie civile
et militaire exerçoit toutes ses fureurs et ses
vengeances dans ces malheureuses provinces
où quelques paysans avoient suivi les dra-
peaux de ses chefs , tandis qu'au mépris des
lois et de la justice , les magistrats civils faisoient pendre , sans forme de procès , les
prisonniers. Le colonel Kirke dressoit des
échafauds et des bûchers au milieu des fêtes
et des réjouissances. Un juge-de-paix, nommé
Jefféries , jettoit la terreur et la consterna-
tion dans les provinces : il égorga trois cents
victimes. Les villages ruisselant de sang , les
cadavres coupés en quartiers et suspendus à
des arbres, de distance en distance, offrirent
un spectacle d'horreur qui fit frémir l'huma-

nìté. Ces actes de cruauté forcèrent le peuple à prendre les armes pour punir ces hommes féroces qui commettoient ces crimes de sang froid. Jacques les mit sous sa protection, et donna les sceaux et la place de chancelier à l'infâme Jefféries. L'approbation et la récompense du crime excitèrent une indignation générale : ce roi si chéri ne fut plus qu'un oppresseur et un tyran. Cependant quelques historiens ont pensé que Jacques n'étoit point cruel par caractère et par principe ; il avoit l'esprit foible et le cœur pusillanime : mais la stupidité de Claude fait autant de mal que les forfaits de Néron.

Jacques se rendit au parlement ; il regardoit son autorité si affermie, qu'il se crut dispensé de suivre les règles de la prudence et l'art de la dissimulation, pour exclure les catholiques de tout emploi civil et militaire. On avoit passé sous le règne précédent le bill du *test*, en vertu du quel, indépendamment des précautions prises par le magistrat, tout candidat étoit obligé de prêter le serment de conformité à l'église anglicane. Il y avoit dans l'armée plusieurs officiers catholiques, Jacques déclara au parlement qu'en vertu de sa prérogative royale, il les avoit dispensés de prêter ce serment : il demanda ensuite des

An 1686.

subsides pour l'entretien d'une milice toujours existante. La chambre des pairs voulut
examiner l'origine, la nature et les conséquences de ce droit *dispensatif* dont le roi se
servoit pour établir son despotisme et détruire
les lois. L'infraction du test fut regardée
comme la ruine des libertés nationales. Jacques, ardent comme son père dans ses premiers mouvemens, dirigé par les violentes
inspirations des prêtres, prorogea le parlement et prononça bientôt après sa dissolution.

Si l'on se rappelle avec quel zèle la nation
en offrant à son prince son sang et ses propriétés, l'avoit conjurée de maintenir la religion de l'état, on concevra aisément combien elle dut être allarmée de cette résolution
du roi qui, au moyen de cette dispense, pouvoit se procurer en détail la force d'un acte
général de tolérance, et distribuer aux catholiques tous les emplois et toutes les dignités. Le peuple eût préféré le despotisme à
l'établissement de la religion catholique : le
culte romain lui étoit en horreur. La superstition civile avoit perdu ses transports et ses
fureurs pour les transmettre au fanatisme
religieux. Il se seroit prosterné devant les
statues de ses oppresseurs et auroit brisé avec

violence dans les temples sacrés les objets
exposés à la vénération des catholiques ; il
eût consenti à supporter éternellement les
chaînes de l'esclavage, si on lui avoit promis
de massacrer les prêtres romains. Quelle est
la cause qui a produit sur l'esprit humain
cette étrange bizarerie : la nature ne nous a
pas encore révélé ce secret ; mais nous savons
que l'homme, dans l'état de société et de civilisation, est un mélange d'inconséquences,
de contradictions, d'erreurs, de vices et de
forfaits. S'il eût connu et pratiqué les lois
aimables et douces de la nature, telles que
l'auteur de tout bien les a gravées dans son
cœur, il auroit dédaigné toutes ces religions
qui ont paru sur la terre, et qui sont l'ouvrage de la hardiesse, du génie et des artifices de la politique ; il eût descendu dans sa
conscience et l'auroit délivrée de toutes les
passions qui l'environnent et l'obsèdent ;
alors, en suivant cet instinct moral qui ne
peut ni l'égarer ni le séduire, il eût vécu dans
la paix et goûté le véritable bonheur.

Jacques ne vit point qu'une révolution se
préparoit ; il crut que le ciel seconderoit ses
projets : mais il devoit savoir que les innovations religieuses sont toujours difficiles et
dangereuses, et qu'un peuple attaché à sa

religion devient bientôt fanatique et féroce.
Ce prince, sans prudence et sans politique,
déclara publiquement ses intentions dans un
tems où la révocation de l'édit de Nantes
venoit de remplir le nord de l'Europe des
réfugiés français. Ces infortunés proscrits,
qui avoient cherché en Angleterre un asyle
contre l'oppression, faisoient le tableau, dans
leurs récits touchans, des persécutions et des
dangers auxquels les protestans étoient les
victimes, en vertu de la confédération formée par les puissances étrangères. Le peuple
crut que Jacques étoit un de ces confédérés
choisis pour seconder cette conspiration générale, et qu'il vouloit confier le commandement de ses armées à des catholiques,
pour pouvoir, à quelque signal convenu,
égorger plus sûrement tous ses sujets protestans. Jacques, instruit de ces bruits et de ces
alarmes, n'eut pas la prudence de s'arrêter
pour voir l'abîme qu'il creusoit sous ses pas;
il donna au contraire plus d'activité à l'exécution de ses projets : le culte de l'église romaine fut exercé publiquement. Les jésuites
établirent des colléges dans plusieurs villes
du royaume. Le pouvoir civil et l'autorité
militaire furent confiés à des catholiques.
En Écosse et en Irlande, il fit embrasser la

communion romaine aux protestans qui exerçoient des fonctions publiques ; quiconque
refusoit de donner à son prince cette marque
de complaisance et de soumission , étoit sûr
de sa disgrace : l'apostasie recevoit une récompense , la lâcheté un prix. La fidélité à
suivre la voix de sa conscience et à persé-
vérer dans la religion de ses pères , étoit
punie , et l'intolérance exerçoit sur ces malheureuses et respectables victimes toutes ses
fureurs et toutes ses vengeances. Le comte de
Rochester perdit sa place de trésorier ; le duc
d'Ormond , qui gouvernoit l'Irlande avec autant de sagesse que de douceur , fut forcé de
se démettre de son commandement ; le comte
de Mulgrave fut dépouillé de sa dignité de
chambellan. C'est ce ministre qui disoit , au
sujet de la transabstantion : " Personne ne
,, souhaite plus que moi de connoître la
,, vérité ; ce n'est qu'à force de tems , de
,, travail , de réflexions , que mon incrédu-
,, lité s'est soumise à l'évidence du dogme
,, d'un Dieu créateur du monde et des hom-
,, mes. De bonne foi , croyez-vous pouvoir
,, en une heure me convaincre qu'à son tour
,, l'homme a la puissance de créer Dieu. ,,
   Il est essentiel d'observer que les catholiques eux-mêmes étoient effrayés de la con-

13

duite imprudente et injuste de Jacques ; ils redoutoient une révolution funeste , qui serviroit de motif et de prétexte à la persécution ; ils ne demandoient point de participer aux droits politiques de la cité ; ils ne desiroient que la tolérance de leur culte. L'ambassadeur d'Espagne avoit fait des représentations au roi de la part de la cour de Madrid ; le pape lui avoit recommandé la prudence et la modération dans une entreprise si difficile et si délicate , dont le succès ne pouvoit être que l'ouvrage de Dieu ; mais Jacques , esclave superstitieux des volontés des prêtres , livra ses états à l'anarchie , rompit cette alliance et ce pacte qui l'unissoient à son peuple , se précipita lui-même de son trône. C'est ainsi que par ses erreurs , ses imprudences et son fanatisme , son sceptre et sa couronne furent brisés sur les autels du catholicisme.

Les ministres anglicans montèrent en chaire pour annoncer qu'il étoit tems de résister à l'oppression , et de prendre les armes pour punir le tyran. Jacques affecta de braver ces cris séditieux , et devint plus actif et plus hardi dans l'exécution de ses projets : il créa un tribunal ecclésiastique , proscrit , par la constitution , cita l'évêque de Londres et le fit interdire , malgré la

réclamation du prélat, d'être jugé par le mé-
tropolitain et ses suffragans. Un nonce apostolique étoit arrivé de Rome, et ce nonce,
suivant la loi devoit être mis à mort, cependant il fit une entrée publique et solemnelle ;
quiconque ne se prosternoit pas à son passage, étoit dépouillé de ses emplois. Ce pontife consacra des évêques qui partirent avec
le titre de vicaire apostolique, pour exercer
dans leurs diocèses leurs fonctions sacerdotales. Jacques expulsa les membres de l'université d'Oxfords, et en donna la présidence
à un prêtre romain. Cette innovation injuste
attaquoit le droit d'élection dont jouissoit
l'université. Cette violence arbitraire et cette
nomination illégale produisirent une fermentation générale, et il ne faut pas s'en étonner ; les nobles, les grands et les riches vont
apprendre à cette université ou à celle de
Cambrige les élémens des sciences et du
droit politique. Les sources de l'église romaine vont tout emprisonner, s'écrioit-on ;
et bientôt tous les emplois, toutes les dignités seront confiés à ceux qui sacrifieront leur
croyance à la superstition romaine, et ven-
dront leur conscience pour plaire à un tyran
oppresseur. Le peuple éclata en murmures,
et manifesta son indignation. Le clergé an-

13 *

glican fomentoit cette explosion qui devoit
produire un grand désordre; il excitoit le
courage des fanatiques en leur promettant
les bienfaits du ciel et les récompenses de la
religion ; il échauffoit le zèle des indifférens
en les frappant de terreur : il falloit donc attaquer ce corps puissant et redoutable. Jacques, en vertu de ce droit *dispensatif*, qui
étoit devenu en ses mains un instrument de
destruction, de scandale, d'usurpation, publia un édit général de tolérance, et ordonna
au clergé d'en faire publiquement la lecture
après le service divin. Les évêques anglicans refusèrent d'obéir; Jacques fit arrêter
et emprisonner ces prélats dans la tour. Les
bords de la Tamise furent couverts des spec-
tateurs prosternés qui demandoient, dans les
accens de la douleur, les bénédictions de
leur pasteur, et imploroient la protection
du ciel pour le maintien de la religion et le
salut de la patrie. Bientôt on forma des assemblées confuses au milieu des places publiques : les cris, les lamentations, les
gémissemens des uns, les menaces, les imprécations des autres, tout devoit annoncer
au roi de grands et terribles événemens.
Mais le fanatisme aveugle l'esprit ; il répand le vertige et l'erreur, et par une

horrible séduction, force la conscience au crime, en lui persuadant qu'elle fait une action méritoire, et qu'elle obéit à la volonté et aux décrets du ciel. La foudre grondoit de toutes parts, et Jacques n'en entendoit pas le bruit : le vaisseau de l'état étoit brisé par la tempête, et Jacques, assis tranquillement sur le port, n'en voyoit pas les débris. Dans cette confusion, il se livra avec fureur à toutes les impétuosités de ses passions, et présenta le spectacle du roi qui, dans ses égaremens, brisoit lui-même sa couronne, et se précipitoit du haut de son trône. Jacques accusa les prélats opprimés de trahison, et les dénonça à la rigueur des lois. Les juges proclamèrent solemnellement leur innocence. Ce jugement allarma le roi au lieu de l'éclairer : il destitua ces magistrats fidèles à leur devoir et à leur conscience; assembla une armée, et fit élever au milieu du camp une chapelle, où des prêtres invitoient les soldats à venir abjurer leurs erreurs, à embrasser et à défendre le catholicisme. Ce fut peu de tems après que la reine donna le jour à ce malheureux prince connu sous le nom de *prétendant.* Cette naissance avoit été précédée des prières publiques, des vœux, des offrandes et des pélérinages.

Mais cet événement dont Jacques avoit fait l'objet de ses espérances et de ses desirs, et qu'il regardoit comme le plus ferme appui de son trône, prépara ses humiliations et sa chûte. Il n'est pas étonnant que cet enfant ait été baptisé suivant le rit romain; mais ce qui prouve l'imprudence constante du roi, c'est que dans ces momens d'inquiétude et de fermentation générale, il le fit tenir sur les fonds baptismaux au nom du pape.

Les citoyens divisés d'opinions et de principes politiques formèrent une confédération générale. Les torys et les wights cessèrent leurs animosités particulières, suspendirent leur haîne et se réunirent pour défendre la religion anglicane. Cette religion dont le peuple anglais étoit si enthousiaste, est un mélange informe et bizarre de catholicisme, de luthérianisme, de zuinglisme et de protestantisme : elle ne présente qu'une chaîne continuelle d'absurdités, d'inconséquence, de contradiction, de fanatisme qui atteste l'ignorance de ses fondateurs, et prouve l'extravagance et le délire de l'esprit humain : cette religion enseigne et détruit tour-à-tour la révélation, combat et défend les dogmes établis sur les écritures saintes, et en prouvant l'authenticité et l'infaillibi-

lité de l'évangile , donne à tout homme le
droit de l'expliquer au gré de ses erreurs ,
de ses caprices et de ses passions. Le génie ,
la raison et la sagesse proscrivent ce code
religieux , propre à faire des enthousiastes
imbéciles , à combattre ces principes éternels de la nature qui seuls peuvent éclairer
l'esprit, régler la morale publique , ramener
les peuples à la connoissance de leurs droits ,
et à la pratique de leurs devoirs , à préparer
le règne paisible des lois et de la justice.
Voilà cette religion que Dieu a gravé dans
le cœur de l'homme ; que le citoyen pratique dans le silence , et que le philosophe
doit annoncer aux peuples. Cette religion
naturelle est de tous les siècles et appartient
à toutes les nations : elle est connue de ces
hordes de sauvages qui parcourent les déserts et se rassemblent dans leurs cabanes.
La raison , dit Confucius , est une émanation de la divinité. La loi suprême n'est que
l'accord de la raison et de la nature ; toute
religion qui contredit ces deux guides de la
vie humaine ne vient point du ciel ; toute
religion qui combat la loi naturelle est fausse,
injuste , hypocrite et superstitieuse : elle mérite le mépris du sage , et la haine du philosophe.

Tandis qu'une révolution se préparoit, Guillaume, prince d'Orange et stathouder de la Hollande, observoit dans le silence tous ces mouvemens convulsifs. Ce prince avoit épousé Marie, fille de Jacques : il conçut l'espoir de pouvoir monter sur le trône britannique. Guillaume avoit médité des entreprises vastes qui pouvoient paroître chimériques dans un stathouder de Hollande, mais qu'il justifia par son habileté et par son courage : il vouloit humilier Louis XIV, et détrôner Jacques. Ce génie sombre et hardi voyoit avec un secret plaisir cette guerre intestine qui agitoit l'Angleterre : il étoit attentif à tous les événemens, et dans sa profonde politique, il en calculoit tous les effets. Lorsqu'il fut instruit que tous les ordres de l'état, tous les partis, toutes les sectes se réunissoient pour rompre les nœuds qui les unissoient à leur roi, il envoya à Londres un agent éclairé, intrigant et fidèle chargé d'alimenter les haines, et de nourrir l'esprit de désordre et d'insurrection. Ce né-gociateur habile s'appliqua à flatter les di-verses passions ; il assuroit aux anglicans que Guillaume leur confieroit les premières places de l'état, et protégeroit l'épiscopat ; promettoit aux non-conformistes cette tolé-

rance qu'ils réclamoient depuis long-tems ;
il disoit aux républicains enthousiastes que
le nouveau prince conserveroit les libertés
nationales, et étendroit les droits du peuple ; aux défenseurs de la constitution, qu'il
maintiendroit les lois fondamentales et constitutionnelles de l'état ; il promettoit à tous
un règne paisible, heureux et brillant.
Toutes les circonstances se réunissoient pour
favoriser Guillaume dans l'exécution de ses
projets. La nation angláise ne voyoit plus
dans le roi qu'un ennemi de sa religion,
et un oppresseur de sa liberté. Avide d'innovations, elle ne connoissoit ni principe
de gouvernement, ni maximes d'ordre social : elle a commencé son existence politique au milieu des désordres, des bouleversemens et des crimes. Son histoire ne présente qu'un tableau continuel de révolutions
sanglantes et des factions anarchiques : il
faut donc à cette nation inquiète et révolu-
tionaire un aliment perpétuel pour satisfaire son caractère féroce et pour varier ses
mouvemens convulsifs. Cette terre, placée
sous un climat froid, est environnée des
volcans qui menacent de vomir ses laves.
Le génie de ses habitans, dont l'extérieur
annonce la modération et la prudence, est

ardent et sombre dans les transports qui l'agitent. Ce peuple ne connoît ni frein, ni règle, ni barrière; il n'a rien fait pour établir sa liberté et son indépendance : ses agitations, ses combats, ses insurrections n'ont servi qu'à préparer sa corruption. Ce point immense de gloire et de puissance qui l'environne aujourd'hui, le conduira à la servitude, et formera une chaîne d'infortune et d'oppression qui s'appesantira sur lui. C'est du sein des crimes, de factions et des guerres civiles qu'il est parvenu à cet état de grandeur qui en impose à l'Europe et l'éblouit. Mais cet édifice, foudé sur des bases fragiles, ce colosse montrueux, sécroulera en débris; cette hydropisie politique est le précurseur de la mort. Une nation chez laquelle il existe dans ses habitudes, son caractère, son génie, ses mœurs, sa constitution, un germe d'inquiétude et de faction, doit être dans un état continuel d'anarchie. L'anarchie conduit les empires à leur dissolution, et les nations à l'esclavage.

Un peuple entraîné par le fanatisme, doit être terrible dans son insurrection; il faut qu'il périsse ou qu'il triomphe : il faut qu'il conserve sa liberté et sa religion, ou qu'elles soient ensevelies sous des flots de sang. Bien-

tôt la nation anglaise implora l'appui et les
secours de Guillaume : elle invita ce prince
à monter sur un trône que Jacques dégradoit
par sa tyrannie et ses usurpations. Guillaume
se prépara à remplir ce vœu général , et à
exécuter ses projets , sans prévoir peut-être
jusqu'où pourroient s'étendre ses succès ; il
chercha des alliances , sollicita des confédé-
rations pour combattre Louis XIV dont il
vouloit humilier l'orgueil et détruire la puissance. Déjà Guillaume avoit des conférences
secrètes avec les gouverneurs des Pays-Bas
espagnols , avec les électeurs de Brandebourg
et de Saxe , avec la landgrave de Hesse et les
princes de la maison de Limbourg. Déjà une
armée hollandaise avoit formé un corps considérable près de Nimègue. Guillaume fit ses
préparatifs avec tant de diligence et de secret , que le conseil de Londres n'en fut instruit que par celui de Versailles , qui , plus
plus actif et mieux secondé , avoit démêlé
les vues cachées du prince d'Orange. Louis ,
en communiquant cet avis important à Jacques , offrit de lui fournir en vaisseaux et en
troupes tous les secours qu'il croiroit nécessaires pour combattre et repousser l'usurpateur ;
mais Jacques , trahi par Sunderlang , refusa
d'accepter cette offre. Louis voulut lui donner

une marque bien sincère de son zèle et de son
amitié , il proposa de suspendre ses grandes
opérations militaires , de lever le siège de
Philisbourg, de faire marcher son armée dans
les Pays-Bas , pour contenir les Hollandais
par la terreur de ses armes , et de réunir ses
forces pour attaquer Guillaume dans ses propres états. Jacques , par un aveuglement inconcevable , refusa encore la protection et
les secours de son allié généreux : il pensoit
qu'aucune puissance étrangère n'avoit ni le
droit, ni le pouvoir de s'emparer de sa couronne , que le ciel veilloit à la conservation
de son trône , comme si la divinité pouvoit
diriger ces grands événemens qui ensan-
glantent la terre. Si Dieu intervenoit dans
l'administration des sociétés politiques et
dans la création des gouvernemens et des
pactes sociaux , on ne verroit sur la terre ni
rois , ni princes , ni despotisme , ni oppresseurs , ni esclaves , ni fanatisme , ni guerre ;
on ne verroit que des peuples libres , heureux , indépendans ; la terre ne seroit point
arrosée de sang humain , et la société ne présenteroit point le tableau affligeant des malheurs et des crimes. Jacques croyoit que son
armée suffiroit pour repousser les attaques de
l'usurpateur et pour réprimer la rébellion du

peuple ; il croyoit que les troupes françaises
ne serviroient qu'à exciter de nouveaux sou-
lèvemens et de nouvelles jalousies contre des
voisins haïs et redoutés de la nation. Mais
enfin le prestige s'évanouit, et Jacques commença à trembler sur son trône. Une lettre
qu'il reçut de son ambassadeur à la Haye,
qui lui annonça les projets et les préparatifs
de Guillaume, retira Jacques de sa profonde
stupeur : alors il ne douta plus de l'authenticité des avis qu'il avoit reçus de Versailles ;
il assembla quelques évêques et leur demanda
des conseils. D'une sécurité dangereuse, le
roi passa à un lâche désespoir : il n'y avoit
qu'un instant qu'il se regardoit comme redoutable et invincible, actuellement il se
croit une victime destinée à être immolée
sur les marches du trône ; il ne croit plus aux
bienfaits et aux miracles de la providence,
et son incrédulité produit son découragement
et son désespoir. Pâle et confus, il promit de
conserver la religion de l'état et les prérogatives nationales, de convoquer le parlement et de rendre à Londres ses priviléges
et ses chartres ; il rétablit dans tous les comtés
les commandans et les magistrats qu'il avoit
destitués de leurs emplois pour s'être déclaré
les défenseurs du *test* et des lois pénales ; sup-

prima la cour ecclésiastique, et confia aux
protestans les places les plus importantes.
On regarda ces concessions et ces changemens comme des actes inspirés par la crainte
et par une adroite hypocrisie, que Jacques
ne manqueroit point de révoquer lorsqu'il
auroit dissipé cette confédération générale
qui se formoit contre lui.

Le prince d'Orange publia un manifeste
où il présentoit le tableau des maux que souffroit la nation anglaise : le pouvoir de dispense
et de suspension, l'établissement d'une cour
ecclésiastique, les offices, les emplois, les
dignités et les places remplies par les catholiques, l'élévation d'un jésuite au conseil
privé, le *papisme* ouvertement encouragé,
des églises, des collèges et des séminaires
construits pour établir le catholicisme et
étendre la domination sacerdotale, la démission des juges qui avoient refusé de
vendre leur conscience aux caprices et aux
volontés d'une cour corrompue, les chartres
anéanties, l'élection des membres du parlement soumise à des formes tyranniques et
inconstitutionnelles, les amis du peuple et
les défenseurs de la liberté punis comme des
citoyens séditieux et des libellistes incen-
diaires, l'autorité civile et militaire d'Irlande

confiée aux catholiques, en Ecosse les lois
violées et les crimes impunis, enfin les violentes présomptions contre la légitimité de
la naissance du prince de Galles, voilà les
objets que Guillaume présenta à la nation
anglaise, pour exciter les haines, pour fomenter une insurrection générale et pour
justifier son usurpation. Guillaume doit être
considéré, dans le moment où il publia son
manifeste, comme un usurpateur; il n'avoit
aucun droit à la couronne d'Angleterre : les
lois éternelles de la justice et les principes
qui doivent régir les sociétés politiques, s'opposoient à une proclamation qui étoit une
véritable déclaration de guerre et le signal
d'une insurrection générale. Guillaume outragea les droits des nations; il fit un acte
de souveraineté qui étoit une véritable rébellion et un attentat' contre l'autorité suprême et l'indépendance du peuple.

Guillaume équipa une flotte qui devoit
porter quinze mille hommes. Ce prince, dit
Voltaire, n'étoit rien autre chose qu'un particulier illustre, qui jouissoit à peine de cinq
cent mille livres de rente ; mais telle étoit sa
politique heureuse, que l'argent, la flotte,
les cœurs des états généraux étoient à lui. Il
étoit roi véritablement en Hollande par sa

conduite habile, et Jacques cessoit de l'être
en Angleterre par sa précipitation. Le prince
d'Orange débarqua bientôt dans la Grande-
Bretagne ; toute la noblesse vola au-devant
de lui ; une partie de l'armée se rendit au
camp de ce prince ; plusieurs officiers généraux abandonnèrent le roi : entr'autres ce
fameux Chvrchil, aussi fatal à Louis qu'à
Jacques, et si illustre sous le nom de Marle-
bourough. Il étoit favori de Jacques, le frère
de sa maîtresse, son lieutenant-général dans
l'armée. Le prince de Dannemarck, gendre
de Jacques, enfin sa propre fille, la princesse
Anne, se retirèrent auprès de Guillaume. Le
roi sentit tout le poid de ses infortunes ; il
gémit et s'abandonna à sa destinée. Si la nature eût donné à Jacques la grandeur du caractère, la fermeté de l'ame, les talens de
la politique et la valeur du héros, il eût pris
les armes et accepté l'alliance et les secours
que lui avoit offert Louis XIV ; mais il se
livra au découragement, et il fallut abandonner un trône que des mains foibles et
chancelantes ne pouvoient ni soutenir, ni
conserver. Jacques laissa sa couronne à l'u-
surpateur, en l'arrosant de ses larmes et en
poussant des cris plaintifs. La reine, frappée
par une profonde terreur, prit la fuite, con-

duisant avec elle le jeune prétendant, sous la direction du comte de Lauzun.

Les puissances de l'Europe applaudirent à cette révolution, dans l'espoir qu'un jeune roi réuniroit ses forces et s'armeroit de son courage pour combattre Louis XIV et humilier ce prince qui vouloit dicter des lois aux autres souverains. Innocent XI, auparavant guerrier, et qui conservoit sur le trône pontifical ses goûts et ses habitudes militaires, avoit formé le projet de réunir les protestans à l'église romaine, et de renverser la puissance ottomane qui menaçoit de conquérir l'Italie. Le pontife crut que pour exécuter cette vaste et chimérique entreprise, il falloit détruire la maison de Bourbon ou celle d'Autriche ; il se ligua contre la France, donna à l'empereur la monarchie universelle et forma une ailliance avec Guillaume. C'est un spectacle curieux de voir le pontife de Rome s'unir avec un monarque protestant, pour détrôner un roi catholique. Nous sommes témoin aujourd'hui d'un phénomène aussi extraordinaire : nous voyons un prince hérétique s'armer pour relever le trône pontifical et les autels du catholicisme.

A peine Jacques eut-il disparu, que la nation fut livrée aux fureurs de l'anarchie ; la

14

fuite du chef avoit désorganisé le corps politique. L'inertie de l'autorité rendoit les lois
sans force et sans vertu ; le vaisseau de l'état
erroit au gré du hasard sur une mer agitée
par les orages et les tempêtes. Jacques n'avoit
désigné personne pour administrer les affaires
publiques ; il avoit jeté les sceaux dans la Tamise , et brûlé les mandats destinés à l'élection d'un nouveau parlement. Une multitude
égarée , sans souverain, sans magistrats et
sans lois , se livra à tous les excès du crime
et de la licence ; elle saccagea , pilla, incen-
dia les propriétés des catholiques. Londres
alloit être un théâtre de carnage et de dévastation, si les pairs ne s'étoient réunis pour
arrêter ce torrent qui étendoit ses ravages
et menaçoit les villes et les campagnes ; ils
s'assemblèrent , formèrent des résolutions
précipitées et désavouées l'instant d'après ;
prirent les rênes du gouvernement, réglèrent
l'administration des affaires , et offrirent la
couronne britannique au prince d'Orange.
Ce dernier acte fut une véritable rébellion et
un attentat : les pairs , sans autorité, sans
mandat , sans mission, ne pouvoient donner
le trône à un prince étranger, ni violer la loi
sacrée et fondamentale de l'hérédité ; cet
acte de la souveraineté n'appartenoit qu'au

peuple : lui seul pouvoit l'exercer ou en transmettre le droit à ses représentans ; les pairs
furent de véritables usurpateurs.

Jacques fut arrêté dans sa fuite et ramené
prisonnier à Londres : ce prince rentra dans
son palais, où la fortune lui présenta un
spectacle nouveau. Il fut reçu aux acclama-
tions de l'allégresse publique ; ses infortunes
excitèrent la pitié et renouvelèrent les remords d'un peuple inconstant et frivole, qui
outrageoit ses rois par fanatisme et les ado-
roit par caprice ; il ne voyoit dans ses chefs
que des despotes qu'il falloit punir, ou des
souverains qu'il falloit servir en esclaves.
Jacques n'eut pas le talent de profiter de cet
enthousiasme général : loin de gémir et de
prier aux pieds des autels de la divinité, qui
permet souvent la chûte des rois pour instruire la terre et consoler les peuples, il falloit agir, négocier, annoncer solemnellement à la nation qu'on défendroit sa liberté
et qu'on maintiendroit sa religion et ses lois ;
mais Jacques restoit immobile au milieu de
ses défenseurs; ses malheurs avoient altéré
ses organes, l'image ensanglantée de son
père se présentoit à son imagination trou-
blée; il se croyoit environné de satellites,
et il lui sembloit que la hache du bourreau

14 *

étoit prête à le frapper. Jacques ne s'occupa
que des moyens de se soustraire aux attentats de l'usurpateur, et de tromper ses gardes.
On ne fut pas plutôt instruit de ce projet,
qu'on lui facilita les moyens de l'exécuter;
comme il n'étoit ni utile, ni adroit de lui
proposer de prendre la fuite, on employa
les ressorts qui pouvoient en même tems la
lui faire désirer davantage, et la lui rendre
plus facile : il ne s'agissoit que d'augmenter
les inquiétudes, et les allarmes d'un prince
foible et timide. Guillaume envoya ses propres gardes s'emparer du palais. Ce premier
acte de violence sembloit être le précurseur
d'un événement sinistre. Tout paroissoit annoncer à Jacques que Guillaume avoit besoin pour monter sur le trône de renouveller
les attentats de Cromwel, et que, pour affermir une couronne usurpée, il falloit l'ar-
roser de son sang. Lorsqu'on fut instruit que
cet appareil menaçant avoit produit son effet,
en comprimant l'ame du roi, on l'avertit de
se rendre dans l'obscurité de la nuit, à un
endroit indiqué, il s'y rendit, et ne voyant
personne qui s'opposât à sa fuite, il s'embarqua avec sa femme et le prince de Galles,
et arriva à Versailles : il fut reçu avec ces
démonstrations de confiance, et de respect
que l'on doit aux princes malheureux.

Cette étonnante et instructive révolution s'opéra sans aucune effusion de sang. Les nœuds qui unissoient le peuple au roi furent brisés sans effort. Ce n'est point au bruit des armes, au milieu des fureurs de la guerre civile, et sur un théâtre sanglant que l'ordre de la succession héréditaire, fixé et consacré par la constitution, fut changé : c'est une fatalité attachée à toutes ces révolutions qui fondent ou régénèrent les empires d'être accompagnées de mouvemens convulsifs : il semble qu'on ne peut aller au bien que par des crimes, la nature nous fait payer bien cher ses bienfaits, on les achète par des sacrifies, et on les obtient par ses larmes. L'arbre de la liberté, pour vivifier sa tige, pour étendre et embellir ses rameaux, n'a pas besoin sans doute d'être arrosé de sang humain : la mort d'un innocent est un jour de deuil pour l'humanité : il faut gémir sur ces révolutions sanglantes qui détruisent les empires, en répandant sur les peuples les fléaux de l'anarchie et les crimes de la guerre. Quel est celui qui peut envisager sans horreur les maux qu'elles entraînent ! Lisez l'histoire des nations à l'époque où elles se soulèvent contre l'ancien gouvernement ? Vous verrez la discorde secouant ses flambeaux, la haine

envenimant le cœur, l'inquisition répandre
l'effroi ; vous verrez le frein des lois rompu,
le glaive arraché des mains de la justice,
l'ordre social remplacé par la fureur populaire ; vous verrez les possessions dévastées,
les fortunes détruites, les citoyens égorgés
ou fugitifs ; vous y verrez l'égalité servir de
prétexte à l'insubordination, la licence régner sous le masque de la liberté, le patriotisme confondu avec la fureur, légitimer
les excès les plus inouis, toutes les têtes
courbées sous le despotisme de la multitude ;
vous y verrez le numéraire disparoître, l'a-
griculture languissante, les arts et les sciences
ruinés, les lois anéanties et tous les membres
de la société oppresseurs ou opprimés. Toutes
les fois que l'on dira aux hommes vous êtes
égaux, libres et souverains, il faut s'attendre à
voir les liens de la subordination se dissoudre,
et les droits de la propriété s'anéantir ; toutes
les fois que l'on rompra les digues qui contiennent la multitude, elle deviendra sédi-
tieuse et féroce, et quand on n'aura pour
la ramener à ses devoirs que des mots vîdes
de sens, et une métaphysique obscure, on
excitera ses passions, et elle se livrera à des
nouveaux excès. Toutes les fois qu'on subs-
tituera à la justice et aux lois, des mesures

révolutionnaires, et qu'on voudra toujours
voir des crimes et des coupables, et ramener
les citoyens par la terreur, l'empire se détruira et s'ensevelira sous des ruines ; toutes
les sources de la félicité publique seront des-
séchées ; le peuple, après avoir parcouru
tous les degrés de l'infortune, deviendra
esclave ; il se déchirera de ses propres mains,
et ne présentera plus que le spectacle de la
dégradation, de la misère et de la servitude.
L'histoire de toutes les nations, qui nous
instruit plus que toutes les maximes et tous
les systêmes de nos philosophes modernes,
consacre cette grande et triste vérité.

Le peuple anglais sut éviter et prévenir les
crimes de la guerre, et n'ensanglanta point
cette nouvelle révolution ; il ne brisa point
les ressorts de la force publique, il n'établit
point la tyrannie et la terreur en préconi-
sant la liberté et les lois, et il ne versa point
des flots de sang pour affermir son indépendance et pour créer une nouvelle succesion
héréditaire. On examina dans le code de la
nature et dans les lois primitives des sociétés
les devoirs des souverains et les droits des
peuples. C'est dans ces monumens sacrés et
immortels qu'on trouva l'existence de ce
pacte antique et solemnel, qui donne aux

nations opprimées le droit de briser les fers
de l'esclavage, et de créer la constitution et
le gouvernement propres à former le contrat
social qui doit les régir.

Toute révolution doit tendre à rétablir le
peuple dans ses droits, à préparer son bonheur et sa liberté, et à purifier ses mœurs,
autrement elle est une calamité publique et
une rébellion coupable. Sans doute ce grand
ouvrage est long et difficile : il en coûte
plus à régénérer une nation qu'à la créer.
Un génie sublime et hardi s'élève à de
grandes conceptions, et forme tout-à-coup
des institutions civiles et des lois pour conduire un peuple à la civilisation ; mais que
de peines, que de travaux, que de combinaisons, que d'efforts pour l'arracher à la
misère et à l'esclavage, où l'ont enseveli
les guerres, le fanatisme, la corruption.
Pour parvenir à cette régénération, il ne
suffit point de créer une législation, il faut
pour ainsi dire détruire la nature de l'homme,
lui ôter ses passions, ses erreurs, ses préjugés, ses vices ; il faut éclairer son esprit,
perfectionner sa raison, purifier sa conscience, et l'attacher aux idées d'ordre, de
morale et de justice ; il faut l'arracher de
son tombeau, scellé déjà par la pierre sé-

pulchrale et donner la vie à un cadavre qui
répand l'infection et la mort. Cette création
morale exige de longs travaux et de longues méditations. L'homme se corrompt
dans un jour, et il lui faut des années pour
se régénérer. L'ignorance et la perversité
font des progrès rapides : les opérations du
génie et de la vertu sont lentes et gra-
duelles.

Jacques ne connut ni le génie de son
peuple, ni le cœur humain, ni l'origine des
sociétés, ni les droits des nations, ni les
véritables maximes de la religion ; il crut
que sa couronne étoit indépendante de la
souveraineté nationale ; que les décrets de
la providence l'avoient placé sur un trône
dont la tige s'élevoit jusqu'au ciel, et que
son inviolabilité devoit le rendre sacré aux
yeux du peuple. Cette doctrine fausse, ins-
pirée par des prêtres romains, prépara ses
revers et ses humiliations. Jacques perdit
le trône de ses pères par ses imprudences,
ses foiblesses et ses erreurs politiques : il
pouvoit jouir paisiblement du pouvoir souverain. Non - seulement la nation n'étoit
point disposée à lui contester son autorité,
mais elle en avoit encore étendue les limites. Sortie des horreurs de l'anarchie et

de la guerre civile, elle desiroit de voir la concorde et la paix réunir tous les ordres de l'état, et le règne des lois exercer cet empire salutaire, destiné à la gloire et à la prospérité générale.

Si Jacques se fut servi de l'ascendant qu'il avoit sur le parlement qu'il pouvoit facilement corrompre pour rétablir le catholicisme, si pour le rappeler dans ses états il se fut servi des mêmes instrumens que ses prédécesseurs avoient employé pour le proscrire, si, au lieu de suivre l'exemple de Jacques Ier, son ayeul, et de Charles Ier. son père, il eût adopté la politique de Henri VIII et d'Elisabeth ; s'il eût su comme eux faire du parlement l'exécuteur aveugle non-seulement de la volonté, mais encore des caprices d'un prince ; s'il n'eût pas commis un attentat manifeste contre la constitution en promulgant de nouvelles lois et en abolissant les anciennes sans la sanction du parlement, Jacques seroit parvenu à rétablir le catholicisme et à s'affermir sur un trône si longtems agité : le parti de l'église anglicane auroit poussé des cris séditieux, distribué des libelles, brûlé les maisons de quelques parlementaires ; mais enchaîné par la terreur ou corrompu par les bienfaits, il auroit perdu son fanatisme religieux comme il a perdu son amour pour sa liberté et son indépendance. Les lumières de la philosophie, les progrès des sciences, le goût des arts, les plaisirs de la société et la nature des institutions civiles l'auroient instruit de l'inutilité et des abus de toutes ces religions inventées par la politique. Asservi et esclave du gouvernement, il se seroit uniquement occupé des spéculations commerciales et des moyens de multiplier ses richesses. Les siècles et les révolutions changent le caractère, le génie et les mœurs des peuples : de la barbarie ils passent à la civilisation ; de l'ignorance, aux connoissances des arts et des sciences ; de la liberté, à l'esclavage ; des vertus, à la corruption et à l'immoralité. Tout change dans la nature : l'homme se défigure au moral comme au physique ; un terrain qui a produit long-tems des sucs vigoureux, s'épuise et s'anéantit ; des chênes antiques se transforment en de foibles arbrisseaux ; le sol qui a produit des moissons abondantes devient inculte et sauvage, et ces campagnes autrefois si belles et si riantes ne présentent plus aujourd'hui que des tombeaux et des ruines.

Immédiatement après la première évasion de Jacques, nous avons vu que les évêques et les pairs du royaume s'étoient placés au hasard à la tête de l'administration publique : la capitale, les provinces et l'armée attendoient en silence les événemens qui fixeroient la forme du gouvernement. Le retour momentané de Jacques, ses terreurs, l'aspect de ses humiliations et de ses infortunes, la crainte de voir renouveler les horreurs de la guerre civile, avoient suspendu l'activité de la haîne publique. Soit remord, soit compassion, soit justice, la nation paroissoit disposée à défendre son roi contre l'usurpateur. Jacques n'eut ni le courage de prendre les armes, ni le talent de hâter cette révolution ; l'indignation et le mépris succédèrent à la pitié : les pairs et les évêques offrirent à Guillaume l'administration du royaume. Le conseil qui croyoit représenter le souverain, invita les grands de la nation à convoquer une assemblée générale ; cette convocation fut faite : on ne pouvoit point donner à cette assemblée le nom de parlement, elle prit celui de *convention*. Ce droit, suivant Thomas Payne, étoit aussi tyrannique et aussi mal fondé que celui que Jacques avoit voulu s'arroger sur le parlement et sur la nation : la seule différence est que l'un étoit une usurpation des droits des vivans, et l'autre des

générations à venir ; et comme le droit de
l'un n'étoit pas mieux fondé que celui de
l'autre, il s'ensuit que leurs actes sont nuls
et ne peuvent avoir aucun effet.

La convention qui usurpoit les droits du
peuple et qu'on ne peut regarder que comme
inconstitutionnelle et illégale , déféra au
prince d'Orange l'autorité absolue pendant
l'interrègne, et délibéra sur le parti que l'on
prendroit à l'égard du roi fugitif. Guillaume
se rendit à la chapelle du palais , et reçut la
communion , conformément aux rits de l'é-
glise anglicane, bien différens de ceux qu'on
observe en Hollande. Cette adroite hypocrisie décéla l'ambition de Guillaume : la superstition n'est point la foiblesse des usurpateurs ; l'augmentation de leur puissance flatte
leur orgueil, ils renversent toutes les entraves
qui peuvent s'opposer à leur grandeur. Les
ames fortes ne sont point superstitieuses :
accoutumées à braver les obstacles et les dangers , elles franchissent avec audace les barrières sacrées que la religion élève pour
s'opposer à leurs projets ; elles sont insensibles aux menaces des pontifes comme aux
cris des vaincus. Au milieu de cette ambition
qui les dévore , elles n'écoutent point la voix
de leur conscience : cet instinct moral se

dirige toujours au gré de leurs passions ; si
quelquefois elles affectent un zèle ardent
pour la religion, elles le font servir à l'exécution de leurs projets : leur fanatisme n'est
alors qu'une hypocrisie calculée pour tromper
et séduire un peuple crédule et superstitieux.

La convention rendit un décret conçu en
ces termes : " Le roi Jacques II s'étant efforcé
„ d'anéantir la constitution du royaume en
„ rompant le contrat original entre le roi et
„ le peuple, violé les lois fondamentales par
„ les conseils des jésuites et d'autres perni-
„ cieux conseils, et s'étant évadé du royau-
„ me, le trône étoit vacant. „ Cette convention qui accusoit le roi de renverser la
constitution, la violoit d'une manière bien
étrange. Une loi aussi ancienne que la monarchie décidoit formellement que le trône
n'est jamais vacant ; en conséquence au moment même de la fuite et de l'abdication de
Jacques, il étoit censé rempli par l'héritier
le plus proche : cet héritier étoit incontesta-
blement le jeune prince de Galles, et à son
défaut le trône appartenoit à Marie et à Anne
ses sœurs. Il étoit de l'intérêt de la nation et
de sa sagesse de maintenir la loi de la succession héréditaire ; son interversion pouvoit
allumer une guerre civile : il falloit observer

la constitution , puisque le peuple vouloit conserver la monarchie. Il ne pouvoit changer cet ordre de succession, qu'en fondant un gouvernement républicain. Il en avoit le droit, puisqu'il est la source de tous les pouvoirs, et que la souveraineté lui appartient.

On examina dans cette assemblée conventionnelle s'il y a un pacte primordial entre le roi et le peuple ; si l'oppression du chef ne rompt pas le contrat social et si la nation ne rentre pas alors dans ses droits primitifs d'indépendance et de souveraineté, sans doute ce pacte antique existe. Il a bien fallu, lorsque la société s'est étendue et que ses membres se sont multipliés, confier à un seul ou à plusieurs l'exercice de l'autorité; on a établi des droits et des devoirs, et chacun s'est dépouillé d'une partie de sa liberté entre les mains de quelques chefs chargés de veiller à l'administration publique et à la sûreté de tous les citoyens. Sans doute la souveraineté appartient au peuple : il est l'origine, le créateur, la source de tout pouvoir; mais dans une vaste société, il ne peut point exercer sa souveraineté, il la délègue à un ou à plusieurs : alors ils représentent légalement la nation ; ils agissent, ils parlent en son nom; ils forment la volonté générale et le peuple

lui-même ne peut point fixer leur puissance.
Ainsi quoiqu'il soit vrai au fonds que tout
vient de la terre, il ne faut pas moins qu'on
la soumette par le travail et la culture, comme
on soumet le peuple par l'autorité et par les
lois. La souveraineté est dans le peuple comme
un fruit est dans nos champs d'une manière
abstraite : il faut que le fruit passe par l'arbre
qui le produit, et que l'autorité publique
passe par les mains qui l'exerce. Un peuple
ne peut point se gouverner par lui-même, ni
exercer son droit de souveraineté dans des
associations particulières ; autrement l'état
seroit dans cette anarchie qui perpétueroit
les factions et arrêteroit tous les mouvemens
du corps politique.

Il y avoit dans la convention plusieurs
membres qui s'opposoient à la violation de
la loi héréditaire ; ils proposèrent à Guillaume
la régence du royaume pendant la minorité
du prince de Galles. Les wights rejetèrent
cet héritier de la couronne élevé dans des
principes incompatibles avec la constitution
civile et religieuse de l'état : ils représentèrent qu'un empire gouverné par des régens
ou des protecteurs seroit éternellement agité
par des dissentions intestines ; que pour prévenir ces factions toujours renaissantes, il

falloit une monarchie dont la succession héréditaire et le pouvoir fussent établis et fixés
par le peuple. Un troisième parti vouloit
donner la couronne à Marie, épouse de Guillaume ; ce prince voyoit avec une tranquillité
apparente les divisions qui régnoient dans la
convention, il se rendoit même inaccessible
dans son palais : on vit avec alarme un prince
sombre et froid, qui affectoit une indifférence méprisable et un orgueil insultant.
Guillaume assembla quelques grands du
royaume dont il connoissoit le crédit et
l'influence sur l'opinion publique : il leur
dit qu'il n'étoit venu en Angleterre que pour
protéger la religion et les lois, et pour rétablir l'ordre, qu'il ne prétendoit point s'opposer aux vœux de la nation dans le choix
d'un souverain, que si l'on conservoit la
couronne au jeune prince de Galles, il étoit
forcé de leur déclarer que ses affaires, ni
son inclination, ne lui permettoient point
d'accepter la régence ; que si l'on plaçoit
Marie sur le trône, personne ne sentoit
mieux que lui combien la princesse, son
épouse, étoit digne de ce choix, mais qu'il
ne pourroit point lui être utile, parce qu'il
ne sacrifieroit jamais ni au titre de régent,
ni à celui d'époux de la reine les intérêts

15

importans et les affaires pressantes qui l'appeloient en Hollande, et qu'il ne pourroit
pas même rétablir, par sa médiation, la paix
et l'ordre dont l'Angleterre avoit besoin dans
un tems d'anarchie et d'agitation..

Cette déclaration adroite et artificieuse,
jetta l'alarme et inspira la terreur : quelle
terrible perspective n'offroit point le retour d'un roi exilé de ses états qui rentre-
roit armé de la foudre, guidé par la vengeance, amenant avec lui la dévastation et
la mort ! On redouta une guerre civile; enfin
la convention rendit un décret portant :
" Qu'en conséquence de l'abdication du roi
,, Jacques, et de la vacance au trône, la
,, couronne étoit dévolue au prince d'Orange
,, et à Marie son épouse ; que l'administra-
,, tion appartiendroit exclusivement au
,, prince ; qu'Anne fille de Jacques, prin-
,, cesse du Dannemarck, succéderoit au
,, prince d'Orange et à Marie ; que les en-
,, fans d'Anne succéderoient à ceux de
,, Marie, et avant ceux que le prince
,, d'Orange pourroit avoir d'une autre
,, femme. ,, On nous saura sans doute gré
de rapporter cette loi qui fait partie des
bases du gouvernement et de la législation
du peuple anglais. Nous examinerons bientôt

les avantages et les abus de la constitution britannique.

" Comme le roi Jacques, avec l'assis-
,, tance de ses pernicieux conseils, des juges
,, et des ministres qu'il employoit, s'est ef-
,, forcé d'extirper la religion protestante,
,, les lois et les libertés de ce royaume, en
,, s'attribuant un pouvoir excessif, de dis-
,, penser des lois, et d'en suspendre l'exé-
,, cution sans l'aveu du parlement, en fai-
,, sant mettre en prison et poursuivre en
,, justice divers dignes prélats, pour l'avoir
,, supplié, par une humble pétition, de les
,, dispenser de concourir à l'usurpation d'un
,, tel pouvoir, en levant de l'argent pour
,, l'usage de sa couronne, sous prétexte de
,, sa prérogative, en d'autres tems et pour
,, d'autres usages que ceux pour lesquels il
,, avoit été accordé, en érigeant une cour ec-
,, clésiastique, en levant et entretenant une
,, armée dans le royaume, sans l'aveu du
,, parlement, en logeant des troupes d'une
,, manière contraire aux lois, en faisant ôter
,, leurs armes à divers sujets protestans,
,, tandis que les *papistes* demeuroient armés,
,, et qu'ils étoient employés contre la dis-
,, position des lois, en violant les élections
,, des membres du parlement, en faisant
15 *

,, porter à la cour du banc du roi diverses
,, causes dont la connoissance n'apparte-
,, noit qu'au parlement et par plusieurs au-
,, tres entreprises illégales et arbitraires ;
,, comme aussi , depuis quelques années , on
,, a employé en qualité de jurés des per-
,, sonnes partiales , corrompues , non qua-
,, lifiées , et qu'on a même employées dans
,, des procès de haute trahison ; qu'on a
,, exigé des personnes emprisonnées pour
,, crime un cautionnement excessif , dans
,, la vue d'éluder le bénéfice accordé par
,, les lois pour la liberté des sujets ; qu'on
,, a condamné des accusés à des amendes
,, exorbitantes , qu'à d'autres on a infligé
,, des peines excessives et contraires aux
,, lois ; qu'on a même permis des confisca-
,, tions de leurs biens avant leur convic-
,, tion , tous abus contraires aux lois , aux
,, statuts et aux libertés de ce royaume.

,, Et comme le roi Jacques ayant abdiqué
,, le gouvernement , et le trône étant devenu
,, vacant , son altesse , le prince d'Orange ,
,, dont il a plu à Dieu de faire son glorieux
,, instrument pour délivrer ce royaume du
,, *papisme* et du pouvoir arbitraire , par
,, l'avis des seigneurs et des principaux
,, membres des communes , a envoyé des

„ lettres aux seigneurs spirituels et tem-
„ porels protestans, aux comtés, aux villes,
„ aux universités, aux bourgs et aux cinq
„ ports pour leur faire élire des députés ca-
„ pables de les représenter légitimement et
„ pour les assembler dans la vue de procurer
„ un établissement qui préserve la religion,
„ les lois et les libertés de retomber dans
„ le même danger, sur lesquelles lettres les
„ élections ayant été faites, et les seigneurs
„ et les communes actuellement assemblés
„ en un corps qui représente la nation, pre-
„ nant en considération les meilleures voies
„ pour arriver aux fins qu'on s'est proposées,
„ déclarent, à l'exemple de leurs ancêtres,
„ pour soutenir leurs anciens droits et li-
„ bertés, 1°. que le prétendu droit de sus-
„ pendre les lois ou l'exécution des lois par
„ l'autorité royale, sans le consentement du
„ parlement, est illégal; 2°. que le prétendu
„ droit de dispenser des lois par l'autorité
„ royale, comme il a été usurpé dans ce
„ dernier tems, est illégal; 3°. que l'érec-
„ tion d'une cour ecclésiastique ou de tout
„ autre cour, est illégale et pernicieuse;
„ 4°. que toute levée d'argent pour l'usage
„ de la couronne, sous prétexte de la pré-
„ rogative royale, sans que le parlement

,, l'ait accordée ou pour un tems plus long
,, ou d'une autre manière qu'elle est accor-
,, dée, est illégale ; 5°. que c'est un droit
,, des sujets de présenter des pétitions au
,, roi, et que tout emprisonnement ou tout
,, autre poursuite à ce sujet, est illégale ;
,, 6°. que lever ou entretenir une armée
,, dans le royaume, en tems de paix, sans
,, le consentement du parlement, est con-
,, traire aux lois ; 7°. que les sujets protes-
,, tans peuvent avoir des armes pour leur
,, défense, suivant leurs conditons, et telle
,, qu'il est permis par les lois ; 8°. que les
,, élections des membres doivent être libres ;
,, 9°. que les discours et les débats du par-
,, lement ne doivent être recherchés ou exa-
,, minés dans une cour, ni dans aucun au-
,, tre lieu que le parlement ; 10°. qu'on ne
,, doit point exiger de cautionnemens ex-
,, cessifs, ni imposer des amendes exorbi-
,, tantes, ni infliger des peines trop dures ;
,, 11°. que les jurés doivent être choisis avec
,, impartialité, et que ceux qui sont choisis
,, pour jurés dans les procès de haute trahison,
,, doivent être membres des communautés ;
,, 12°. que toute concession ou promesse de
,, donner la confiscation des biens des ac-
,, cusés avant leur conviction, sont contraires'

„ aux lois et nulles ; 13°. que pour trouver du
„ remède à tous ces abus, pour corriger,
„ pour fortifier les lois, et pour les main-
„ tenir, il est nécessaire de tenir souvent les
„ parlemens. „

Il ne faut point regarder cette loi comme
formant une partie de la constitution britannique, elle a seulement interverti l'ordre de la succession héréditaire, et trans-
porté à un étranger la couronne d'Angleterre, qui appartenoit, par la constitution,
au prince de Galles. Ce décret doit être regardé, dans presque toutes ses dispositions,
comme un réglement qui ordonne l'exécution
des anciennes lois. L'antique constitution a
conservé ses formes et ses bases, les prérogatives royales ont été maintenues dans
toute leur intégrité et dans toute leur étendue. Le pouvoir législatif a toujours appar-
tenu aux communes qui prétendent représenter la nation : la chambre des pairs, par
une subversion scandaleuse des principes du
contrat social, en partage la puissance ; la
monarchie anglaise s'est toujours maintenue
sur ses antiques fondemens ; la révolution
actuelle n'a point produit une nouvelle constitution, elle a confirmé l'ancienne, et les
chartres antiques ont reçu une nouvelle sanc-

tion. Il est bien étonnant que les écrivains
français, qui ont écrit sur la constitution et
le gouvernement britannique , aient ignoré
cette vérité , qui nous a été transmise par
les historiens anglais.

Guillaume et Marie , après avoir accepté
les conditions portées par le décret de la
convention , et après avoir juré de défendre
les lois constitutionnelles et la religion de
l'état , montèrent sur le trône britannique ;
le roi s'occupa à affermir son autorité , et à
enchaîner une nation inconstante et factieuse. Quelques membres prétendirent que
ceux qui composoient la convention , ne représentoient pas la nation , et que le décret
qui donnoit la couronne à Guillaume étoit
inconstitutionnel. On proposa de dissoudre
cette assemblée et de procéder par les formes
légales à l'élection du parlement , formes
devenues faciles et nécessaires depuis qu'il
existoit une autorité chargée d'ordonner cette
élection : mais Guillaume redouta les intrigues et les regrets d'un nouveau parlement , il
décida que la *convention* seroit à l'avenir ap-
pellée *parlement.* Cet acte d'autorité fut regardé comme un despotisme , et une usurpation , on se plaignit contre cet abus du
pouvoir, comme si on ne savoit pas que celui

qui en est revêtu cherche toujours à l'étendre;
plusieurs membres attachés aux véritables
principes de la liberté, refusèrent de prêter
serment et prirent la fuite ; dans le même
tems Guillaume fut instruit d'une conspiration qu'on tramoit en Ecosse. Jacques
avoit écrit à la convention écossaise pour
l'exhorter à défendre ses droits et à punir
les attentats de l'usurpateur : il promettoit
des bienfaits, des récompenses et un pardon
général. Ce manifeste avoit commencé à exciter la pitié et à réveiller les remords de cette
nation qui se rappeloit avec horreur ce tems
d'aveuglement et de crime, où elle avoit
vendu le sang de son roi. Mais bientôt le duc
d'Hamilton vint changer ces heureuses dispositions ; il représenta Jacques comme un
tyran et un oppresseur qui avoit justement
perdu le trône par son despotisme et ses usurpations. L'assemblée entraînée par l'éloquence et subjuguée par le crédit d'Hamilton, décida que ce prince ayant exercé la
puissance royale sans avoir prêté le serment
prescrit par les lois, ayant attaqué la constitution de l'état et violé les lois et la liberté
de la nation, il avoit perdu tous ses droits à
la couronne, et que le trône étoit vacant.
Mais bientôt ce peuple inquiet et féroce

adopta d'autres principes : le parlement écossais déclara l'autorité de Guillaume contraire
à ses priviléges et à ses lois. Le roi redouta
une révolution ; il ajourna le parlement. La
nation écossaise prit les armes : le comte de
Dundée ravagea le royaume et porta par
tout la désolation et le carnage. Le général
Murai marcha contre Dundée ; tailla en pièces
son armée : il périt dans le combat. Les in-
surgens vaincus perdirent tout espoir ; ils
implorèrent la clémence du vainqueur. L'E-
cosse subit le joug étranger ; elle abolit l'épiscopat qui étoit en horreur dans ce royaume.

Les troubles de l'Irlande apportèrent de
nouvelles alarmes : le duc de Tyrconel, puissant par son crédit et ses richesses, soutenoit
les droits de Jacques. Il parcouroit les provinces, sollicitoit des alliances, levoit des
troupes, publioit des manifestes contre Guillaume ; mais tandis que ce guerrier hardi et
courageux s'occupoit à rétablir Jacques sur
le trône, ce prince, environné de prêtres,
récitoit des prières, chantoit des cantiques,
faisoit célébrer des messes solemnelles, ne
parloit que du bonheur des saints : c'étoit
un spectacle risible de le voir toucher des
écrouelles. Soit que les rois anglais se soient
attribués ce singulier privilége, comme pré-

tendans à la couronne de France, soit que
cette cérémonie fut établie chez eux depuis
le tems du premier Edouard; si une pareille
démence n'est pas criminelle, elle excite la
pitié et les regrets du philosophe qui gémit
sur le délire et les extravagances de l'esprit
humain.

Cependant Jacques abandonna un moment
ces cérémonies bizarres et ces farces puériles;
il partit pour Dublin avec une escadre considérable, accompagné d'Avaux, ambassadeur
qui le suivoit avec pompe. Il assiéga Londonn-
dery; Rozen, général français, somma le
commandant de capituler; il traîna jusques
sur les murs de la place quatre mille protestans comme des victimes destinées au supplice. Cet acte de férocité excita le courage
et le désespoir des assiégés; ils firent des
prodiges de valeur, et forcèrent Jacques à
lever le siège. Cependant ce prince étoit
maître de Dublin et de quelques autres places.
Pendant que ses généraux cherchoient à fortifier son parti, Jacques proscrivoit tous ceux
qui ne venoient point se ranger sous ses éten-
dards. Malgré les leçons qu'il avoit reçues de
la fortune, ce prince ne se corrigea point:
sans doute il falloit que son fanatisme ou ses
malheurs eussent comprimé son ame et trou-

blé sa raison ; il paroissoit moins occupé à
reconquérir son trône, qu'à relever les autels
du catholicisme ; toujours inconséquent,
toujours injuste, il violoit ouvertement ses
promesses et ses sermens. Tandis que cet
ardent et imprudent missionnaire déclaroit
qu'il ne vouloit point forcer les consciences,
il poursuivoit les protestans avec le fer et le
feu. Jacques renouvela en Irlande ce qu'il
avoit déjà fait en Angleterre à l'égard des
universités. Il expulsa du collège de Dublin
le président, les professeurs, les élèves, s'empara de leurs effets ; forma des casernes de
cet antique et superbe édifice, dépouilla les
évêques de leurs bénéfices, de leurs priviléges, de leur jurisdiction ; altéra les mon-
noies, multiplia les confiscations, protégea
les délateurs et établit une inquisition odieuse
sur les opinions et les consciences. Cette conduite contraire aux règles de la politique et
aux principes de la morale chrétienne, devoit
nécessairement détruire son parti et produire
de nouveaux malheurs et de nouvelles humiliations. Tandis que Jacques triomphoit dans
la capitale ; les provinces se soulevèrent
contre lui, les protestans, dont l'oppression
exaltoit le courage et entretenoit l'activité
du fanatisme, faisoient par tout une défense

désespérée. Les secours qu'ils attendoient de l'Angleterre arrivèrent avant que Jacques pût s'emparer d'une seule place ni frapper un coup décisif.

Guillaume ayant équippé une flotte et levé An 1690.
une armée, partit pour l'Irlande, et laissa à la reine la régence du royaume. Jacques attendoit de nouveaux secours de la France ; il n'avoit d'autre parti à prendre que celui de se renfermer dans quelque place forte ; mais ce prince marcha au-devant de l'ennemi : il fut vaincu : le brave Schombert périt dans le combat. Jacques partit pour la France laissant Dublin ouvert au vainqueur qui en prit possession. Cet événement fut d'autant plus heureux pour Guillaume, que la veille même les flottes combinées d'Angleterre et de Hollande avoient été dispersées par une escadre française destinée à se réunir à Jacques ; ce jour même les Hollandais avoient été battus à Fleurus par le maréchal de Luxembourg ; ce guerrier avoit dans le caractère des traits du grand Condé, dont il étoit l'élève. Un génie ardent, une exécution prompte, un coup-d'œil juste, un esprit avide de connoissances, mais vaste et peu réglé, plongé dans les intrigues des femmes, toujours amoureux et même souvent aimé, quoique

contrefait et d'un visage peu agréable ; il
avoit les qualités d'un héros, mais il ne
possédoit point les qualités d'un sage.
Dans une autre action, Catinat, philosophe sensible et vertueux, au milieu des
grandeurs et des horreurs de la guerre,
tailla en pièces les troupes commandées par
le duc de Savoye ; en sorte que si Jacques,
comme on l'avoit calculé au conseil de Versailles, au lieu de hasarder une bataille, eût
défendu les places dont il étoit le maître, et
eût temporisé comme sa situation l'exigeoit,
il eût reçu promptement les secours nécessaires pour se maintenir en Irlande ; et ce
qu'il y a de plus étonnant, c'est qu'à cette
première faute il ajouta la précipitation d'une
fuite qui n'étoit pas encore forcée, puisque
le comte de Lauzun, qui commandoit les
troupes françaises , tint encore long-tems la
campagne et força Guillaume à repasser en
Angleterre avant d'avoir achevé la conquête
de l'Irlande.

Après avoir employé quelque tems à haran-
guer le parlement, à lui faire un étalage pom-
peux de l'éclat qu'il alloit donner aux armées
britanniques, en humiliant l'orgueil et la
puissance de la France, Guillaume obtint
cent millions de subsides qui furent une ad-
dition à la masse énorme des dettes de l'état.

Ce prince se rendit ensuite à la Haye, où il trouva rassemblés les ministres d'Italie, de l'Empire, de l'Espagne, de Suède, de Dane-marck, les électeurs de Brandebourg, de Bavière et plusieurs autres princes allemands qui représentoient cette ligue redoutable des-tinée à combattre Louis et à renverser son trône. Guillaume harangua le congrès ; s'en déclara le protecteur : il n'attendit pas qu'on le nommât le chef de la confédération, il promit d'en être le vengeur ; il promit de détruire l'oppresseur commun de l'Europe. Le pape se réunit à cette ligue redoutable. L'armée des confédérés étoit composée de deux cent cinquante mille hommes. Cette coalition puissante avoit conçu des projets aussi vastes qu'extravagans : elle vouloit for-cer Louis XIV à faire des réparations au saint-siége et au pape Innocent XI. Ensuite comme s'ils n'avoient en vue que de réformer les abus du gouvernement français, ils s'engageoient à faire rétablir dans ce royaume la liberté de conscience, les anciennes prérogatives de la noblesse, du clergé, du tiers-état ; l'autorité des parlemens, les privilèges des villes et des communautés, à faire supprimer les impôts alors existans et à rendre le prince incapable d'en lever à l'avenir sans le consentement

des états. C'étoit sans doute un spectacle curieux de voir des rois qui exerçoient dans leurs
états un despotisme absolu, se liguer pour
défendre en France les droits du peuple et
établir un gouvernement républicain. La
coalition comprit qu'il n'avoit ni la force, ni
le pouvoir d'opérer cet étrange nouvel ordre
des choses. Un peuple qui veut changer sa
constitution et ses lois, n'a pas besoin des secours étrangers : lorsqu'il a la volonté de faire
une révolution, il en a toujours la puissance
et rien ne peut résister à cette force nationale.
Ce peuple seroit bientôt trahi, s'il confioit
ses destinées à des nations voisines, il de-
viendroit la conquête de ces alliés perfides,
intéressés à perpétuer cette longue anarchie
qui, après avoir fait parcourir aux peuples
tous les degrés de l'infortune, les conduit à
l'esclavage.

La coalition adopta un nouveau systême
qui annonça son impuissance et sa lâcheté :
elle invita le peuple français à s'insurger
contre son roi, menaçant de ne jamais par-
donner à ceux qui ne prendroient pas les
armes pour le combattre. Ce projet de révolte
étoit à-la-fois un délire et une violation de
tous les principes de la morale, de la politique et des droits des nations. Louis XIV

s'amusa du zèle fervent de Guillaume pour les intérêts du saint-siége et la gloire du pontife ; il brava la ligue et son manifeste odieux, prit Nice en présence des confédérés, et formant en personne le siège de Mons, l'emporta d'assaut à la vue de leur armée commandée par Guillaume, qui repassa en Angleterre pour dévorer sa honte et ses humiliations.

Guillaume fut plus heureux en Irlande : Ginkle, son général, s'empara de plusieurs villes ; les Irlandais se soumirent au vainqueur. Ces succès et ces conquêtes énorgueillirent Guillaume, naturellement fier et présomptueux : il fit au parlement le détail fastueux de ses victoires, promit de nouveaux triomphes et demanda des subsides. Cependant on souffroit impatiemment la domination de Guillaume : on se plaignoit d'une guerre désastreuse qui épuisoit les finances de l'état et le sang de la nation, sans augmenter sa puissance et son territoire : on reprochoit au roi son orgueil et son ingratitude ; on l'accusoit d'ériger la corruption en systême, pour établir son despotisme. En Ecosse, il se formoit une confédération redoutable. Guillaume étoit tolérant par caractère et par politique, et ne fut jamais

16

superstitieux, quoiqu'il protégea les presbytériens. Cette secte humiliée et presque
anéantie vouloit sortir de ses ruines, elle
mit à profit le crédit dont elle jouissoit auprès du roi pour renouveller les factions et
exciter les furenrs du fanatisme. Les épiscopaux voulurent porter un dernier coup et
détruire ces sectaires qui combattoient leurs
priviléges et leur pouvoir : ils exhortèrent le
peuple à prendre les armes. Déjà l'étendard
de la guerre civile étoit arboré, mais Guillaume parvint par sa prudence à arrêter les
progrès de cette insurrection.

Guillaume partit pour la Hollande. Il fut
instruit des nouveaux préparatifs militaires
que Jacques faisoit pour remonter sur le
trône. Louis XIV avoit fourni à ce prince
une armée de vingt mille hommes qui, sous
la protection d'une escadre considérable,
devoit débarquer sur les côtes britanniques
avant que les flottes anglaises et hollandaises
pussent se réunir ; mais la mer fut impraticable pendant près de deux mois ; les retards
forcés que causa cet accident, donnèrent
aux escadres ennemies le tems de se rap-
procher ; mais comme la mer étoit chargée
de brouillards épais, l'amiral français, qui
avoit ordre d'attaquer avant la réunion,

ne pût pas être instruit si elle avoit été faite,
il combattit les deux flottes avec des forces
si inférieures, qu'il fut battu et obligé de
rentrer dans le port. Le combat de la Hogue
dura dix heures : les Anglais poursuivirent
pendant deux jours les débris de la flotte
vaincue.

La bataille de la Hogue détruisit les espérances de Jacques, et affermit Guillaume
sur le trône conquis. Les jacobites ne formèrent plus qu'un parti foible et impuis-
sant. Malgré ce brillant succès, la guerre
que soutenoit l'Angleterre n'en étoit pas
moins désastreuse et humiliante. Louis XIV,
parcourant le cours de ses victoires avec une
rapidité qui frappoit l'Europe d'étonnement
et d'effroi, prit Namur à la vue de Guillaume, qui s'efforçoit de réparer, s'il étoit
possible, cette perte qui pouvoit lui nuire
dans l'esprit des alliés, il fit quelques ten-
tatives sur Mons ; mais cette entreprise ne
lui ayant point réussi, il sentoit encore davantage combien il lui étoit important pour
sa gloire de faire quelque action d'éclat, qui
soutint la haute réputation que le préjugé
seul lui avoit accordée, ce titre de généra-
lissime, qu'il avoit pris lui-même, ces promesses pompeuses qu'il avoit faites au par-

16 *

lement et à ses alliés, les regards de l'Europe fixés sur lui, tout l'engagea à tenter quelque entreprise extraordinaire qui pût justifier ses promesses, et soutenir sa renommée. Guillaume attaqua le maréchal de Luxembourg, mais il fut vaincu à Steinkerque. Humilié et frémissant de rage, il chercha à attribuer la honte de cette fatale journée à quelques officiers, qu'il accusa de trahison et qu'il fit pendre. Les historiens anglais ont été forcés d'avouer que cette défaite fut une suite nécessaire de l'énorme disproportion qui se trouvoit entre les talens militaires de Luxembourg et ceux de Guillaume. On chanta cependant, à Londres, un *Te Deum* pour remercier le ciel de l'heureux retour du prince, et de ce qu'il n'avoit point péri dans l'action. Cette basse adulation ne convient qu'à des courtisans vils et à des esclaves dégradés.

Guillaume remercia le parlement, promit d'attaquer les Français dans leur propre pays, demanda des subsides qui lui furent accordés, et retourna en Hollande. Tandis que le corps législatif trahissoit les intérêts du peuple, en prodiguant des éloges et des subsides à un roi inquiet et ambitieux, la nation lui reprochoit d'épuiser le trésor de

l'état pour satisfaire ses haînes et ses vengeances. Cette effervescence ne fut que passagère : le peuple oublioit ses droits et sa
liberté pour ne s'occuper que des moyens
d'augmenter ses richesses. Le luxe et le
commerce avoient corrompu les mœurs publiques, ce germe de séduction qui bientôt
sera érigé en système politique, et qui fera
la base des principes du gouvernement pour
dégrader les représentans de la nation, commençoit à se développer, et à répandre
son influence funeste dans le sanctuaire des
lois.

Louis XIV avoit ouvert la campagne par
la dévastation du Palatinat. Il avoit en
vue, dit Voltaire, d'empêcher les ennemis
d'y subsister plus que celle de se venger de
l'électeur palatin, qui n'avoit d'autre crime
que d'avoir fait son devoir en s'unissant au
reste de l'Allemagne contre la France. Il
vint à l'armée un ordre de Louis, signé
Louvois, de tout réduire en cendres. Quel
est l'homme insensible et féroce qui ne
verse des larmes contre cet attentat qui fit
pâlir l'humanité et trembler l'Europe ! Les
généraux français firent signifier, au milieu
des glaces et des frimats de l'hiver, aux
citoyens de toutes ces villes si florissantes,

aux habitans des villages qu'il falloit quitter leurs demeures et qu'on alloit les détruire par le fer et par les flammes. Hommes, femmes, vieillards, enfans tous sortirent pour n'être pas embrasés, par le volcan ou égorgés par le glaive ; une partie fut errante dans les campagnes, une autre chercha un asyle dans les contrées voisines, pendant que le soldat qui, passe toujours les ordres de vengeance et de fureur, et qui n'exécute jamais ceux de la clémence, portoit par-tout la désolation, l'incendie et la mort. On commença par Manheim, séjour des électeurs ; leurs tombeaux furent ouverts par la rapacité des soldats, qui croyoient trouver des trésors dans ces asyles de la mort et du néant. C'étoit pour la seconde fois que ces belles contrées étoient livrées à la destruction ; mais les flammes dont Turenne avoit brûlé deux villes et vingt villages du Palatinat, n'étoient que des étincelles en comparaison de ce dernier incendie. Quel est l'homme barbare qui conseilla cet horrible attentat ? c'est Louvois ; quel est ce roi féroce qui, au milieu de ses plaisirs, signa cet arrêt de destruction ? c'est Louis XIV. Historiens de tous les pays, ne cessez de dévouer à la haîne et à l'exécra-

tion des siècles , les auteurs et les complices
de cette conspiration contre l'humanité.
Fermez vos cœurs à la clémence et à la
pitié, et faites des vœux pour que ces meurtriers de l'espèce humaine , et ces dévasta-
teurs de la terre , expient dans des feux éternels ces forfaits inconnus aux Attila et aux
Gengiskan.

Guillaume vola au camp des alliés et prit le An 1695.
commandement de l'armée; il déclara qu'il
se réjouissoit de combattre Luxembourg. Le
maréchal qui connoissoit le caractère vain
et le génie frivole de ce prince , feignit de
vouloir attaquer quelques villes qui furent
bientôt secourues par Guillaume. Luxembourg ayant ainsi affoibli les forces de l'ennemi, tomba tout-à-coup sur son camp , le
força et dispersa ses troupes. Guillaume perdit à la bataille de Nevuinde quinze mille
hommes , son artillerie et ses bagages : peu
de combats furent plus meurtriers. C'est à
cette occasion qu'on disoit qu'il falloit chanter *plus de profondis que de te deum.* Quelle
est donc cette férocité de l'homme qui veut
rendre le ciel complice du sang qu'il fait
verser ! un jour de bataille doit être un jour
de deuil et de larmes ; un crêpe funèbre doit
s'étendre dans les temples sacrés et dans le

sanctuaire des lois : les prêtres d'un dieu de
paix doivent gémir entre le vestibule et l'autel, et prier sans cesse le dieu de miséricorde
d'envoyer un ange de force et de puissance
pour arracher des mains homicides le glaive
de la vengeance et de la mort dont elles sont
armées. Offrir au ciel des sacrifices et des
prières pour bénir un jour de carnage, c'est
un attentat contre la divinité et un outrage
à l'humanité : un dieu de clémence et de paix
doit abhorrer les vœux et les hommages de
ces impies sacrificateurs qui viennent invoquer sa justice et implorer ses bienfaits les
mains teintes de sang.

La flotte française s'empara ou coula à fond
seize vaisseaux ; Guillaume, consterné par
des pertes multipliées, remit le commandement de l'armée à l'électeur de Bavière ; passa
en Hollande et en Angleterre pour apprendre
à ces deux nations qu'elles avoient été vain-
cues sur terre et sur mer. Il crut relever l'espoir et exciter le courage des alliés, en leur
annonçant que bientôt il sauroit enchaîner
la victoire à son char. Les deux peuples lui
accordèrent des subsides : les Hollandais
avoient des trésors, les Anglais possédoient
un papier représentatif du numéraire ; ils en
mirent en circulation pour dix millions ster-

lings. Comme ces billets formoient une partie de la fortune publique, et que ce sysême de finances exigeoit l'attention et la sollicitude du gouvernement, on en confia l'adminis- tration à des directeurs dont le bureau cons- titue ce qu'on appelle aujourd'hui la banque d'Angleterre.

A peine les subsides eurent-ils été accordés et reçus, que de nouveaux besoins et de nou- veaux événemens en exigèrent de plus con- sidérables. Louis XIV avoit alors réuni toutes ses forces contre l'Espagne : cette puissance demanda à Guillaume son alliance. A l'ins- tant une flotte mit à la voile pour bombarder Dieppe, le Hâvre, Saint-Malo, Dunkerque, et Calais. Guillaume fit le siège de Namur ; on avoit en France prodigué des éloges à Louis XIV pour l'avoir prise, des railleries et des satyres indécentes contre Guillaume, pour ne l'avoir pu secourir avec une armée de quatre-vingt mille hommes : Guillaume s'en rendit maître de la même manière qu'il l'avoit vu prendre. Ce fut à cette époque que Marie mourut ; sa perte fut vivement sentie en An- gleterre, où d'abord on avoit desiré de la faire monter seule sur le trône, où l'on regretta en- suite de n'avoir point forcé Guillaume à parta- ger avec elle les droits de la royauté. Pendant

l'absence de cè prince, Marie fut chargée
de la régence ; elle développa dans son administration les principes de la sagessé et de la
justice, et obtint par ses vertus la confiance
et l'estime publique. Cette princesse étoit
chérie par sa douceur et son affabilité : toujours d'un caractère égal, aucune passion
ne l'agitoit ; elle eût laissé une gloire pure et
une mémoire sans tache, si elle n'eût point
été complice de l'usurpation de son époux.
Guillaume parut peu sensible à la mort de
Marie : l'histoire ne pardonne point à ce prince
d'avoir été le même jour au parlement sanctionner des bills qu'il auroit pu faire approuver par une commission. Cependant l'Angleterre, la France et les autres puissances de
l'Europe commençoient à se lasser d'une
guerre ruineuse et meurtrière. Louis XIV,
avant d'accepter les propositions de paix qui
lui avoient été offertes, voulut hasarder un
dernier éffort pour soutenir les droits de Jacques ; il leva une armée considérable qu'il
dispersa dans les environs de Calais, prête à
s'embarquer au premier signal. On fit passer
en Angleterre quelques émissaires pour préparer à cet événement ceux que l'on savoit
être secrètement attachés aux intérêts du
prince détrôné. Les jacobites se réunirent

pour seconder les dispositions de Louis ; ils
formèrent le projet de s'emparer de Guillaume lorsqu'il iroit à la chasse, et de le poi-
gnarder. On ne décidera point si Jacques
étoit instruit de cet assassinat projeté : l'évêque Burnet, homme de génie, historien
profond, mais qui a déshonoré ses talens
par ses emportemens et ses fureurs contre le
catholicisme, pense qu'il en avoit connoissance ; d'autres historiens contestent ce fait,
et opposent à l'autorité du prélat anglican le
témoignage des conjurés qui ont justifié ce
prince de cette accusation. Cette conjuration
fut funeste à Jacques, puisque le secret de la
descente projetée fut découvert ; elle ne pût
point s'effectuer, parce que la mer à l'instant
fut couverte des vaisseaux anglais.

On ne vaincra jamais les Romains que
dans Rome, disoit Mithridate ; on a souvent
répété que c'est sur les bords de la Tamise
et dans les murs de Londres que la France
détruira le commerce, les comptoirs, les
colonies, les provinces, les escadres, les
vaisseaux et les ports de la nation britannique. Sans doute il seroit facile de compter
les exemples de terreur que les menaces d'une
invasion ont causées aux Anglais dans toutes
les guerres. Les Romains, les Saxons, les

Danois, ont subjugué l'île britannique ; Guillaume, duc de Normandie, a conquis l'Angleterre, et Louis VIII en a été proclamé roi à Londres. Mais depuis l'invention de la pondre et de l'artillerie foudroyante, les invasions sont devenues plus dangereuses et plus difficiles. Il faut être maîtres de la mer et avoir de grandes flottes pour empêcher que les Anglais ne viennent bloquer les ports et brûler les bâtimens de ses ennemis ; à leurs approches, l'Angleterre garniroit ses côtes de canons et de pièces d'artillerie pour détruire leurs vaisseaux ; les vents et les orages pourroient disperser les escadres ennemies. On se rappelle que sous le règne d'Elisabeth, Philippe, roi d'Espagne, fit équipper une flotte appelée l'*Amada*, destinée à conquérir l'Angleterre : une tempête horrible la dispersa ; une partie périt, l'autre rentra dans les ports espagnols.

Le peuple anglais se leveroit en masse pour combattre des ennemis qu'il regarderoit comme les destructeurs de sa constitution, de ses lois, de son gouvernement ; il appeleroit à son secours toutes les troupes qui sont sur le continent, et stipendieroit des armées allemandes. Tous les partis, toutes les factions se réuniroient, et il seroit diffi-

cile d'exterminer une nation qui préféreroit
la mort au renversement de ses lois et à la
chûte du trône. Autant le peuple anglais est
indifférent pour sa religion, autant il est fanatique pour sa constitution : il chérit son roi
et il sacrifieroit son sang et ses trésors pour
le défendre. Toutes les classes de la société,
depuis le lord jusqu'à l'artisan, sont sincère-
ment attachés à leur gouvernement et à leur
constitution. On verra bien dans les contrées
britanniques quelques mouvemens, quelques
révolutions passagères, mais il y a un esprit
public de patriotisme, un orgueil national
qui enfantent des prodiges et qui empêche-
ront une insurrection générale ; pour opérer
une révolution, il faudroit conquérir l'Angleterre et exterminer la nation. Il sembloit
que la guerre de l'Amérique devoit préparer
ce grand événement : une faction puissante
agitoit l'Irlande et parloit déjà de se séparer
de l'Angleterre ; la confusion et l'anarchie
régnoient en Ecosse. Londres étoit menacé
d'une prochaine destruction ; quarante mille
hommes étoient prêts à porter la dévastation
et la mort. L'Angleterre soutenoit une guerre
longue et meurtrière contre des puissances
redoutables. Le gouvernement britannique
a dissipé cette confédération générale qui

sembloit annoncer sa destruction, et dans
ses efforts pour prévenir sa chûte, il a mon-
tré une fermeté et un courage qui ont étonné
l'Europe, et a acquis de nouvelles forces,
et une nouvelle grandeur. Sans doute l'Angleterre périra, mais des causes morales
opéreront la dissolution d'un gouvernement
qui va au despotisme par la corruption,
à la gloire par le machiavélisme, et à la
puissance par l'usurpasion.

La guerre se ralluma avec plus de fureur
que jamais, mais il n'y eut aucun événement mémorable, si l'on en excepte le bom-
bardement de Calais. Enfin, le traité de
Risvich mit un terme à cette guerre qui
coûta à l'Angleterre onze cent millions, et
qui épuisa sa population. Louis sacrifia presque toutes ses conquêtes, et abandonna les
fruits de ses victoires pour affermir Guillaume sur le trône. Il promit de ne donner
aucun secours à ses ennemis. Jacques, dont
le nom fut omis dans le traité, resta dans
Saint-Germain avec le nom inutile de roi,
et vécut des pensions de Louis XIV. Il fut
sacrifié par son protecteur à la nécessité et
fut bientôt oublié de l'Europe. La famille
des Stuards n'a éprouvé que des revers et
des malheurs. L'Europe vit avec indiffé-

rence ses infortunes, ses humiliations, son désespoir. Les nouveaux efforts que firent Louis XIV, le régent et Louis XV, pour défendre ses droits, ne servirent qu'à mieux lui faire sentir toute l'horreur de sa destinée en multipliant les malheurs de la guerre, et en livrant à la férocité du vainqueur et au glaive des bourreaux les défenseurs de cette race infortunée.

Guillaume ne jouit pas long-tems des avan-tages et des douceurs de la paix ; de nou-veaux événemens produisirent des divisions intestines qui ne commencèrent à s'appai-ser qu'au moment où il falloit reprendre les armes. Le roi avoit demandé une force militaire toujours subsistante , destinée à affermir et à faire respecter son autorité. On s'éleva avec force contre cette proposi-tion qui tendoit à établir le despotisme et à préparer des fers au peuple. La nation , di-soient les opposans , perdra bientôt ses liber-tés et ses priviléges , si des troupes mercé-naires sont aux ordres du gouvernement ; alors les élections et les parlemens dépen-dront des empires et des volontés de la cour; le royaume n'est-il pas défendu par l'océan qui l'environne ? ne peut-il pas former une milice régulièrement occupée de l'exercice

An 1700.

des armes ? cette milice n'auroit-elle pas plus
de zèle pour la patrie que des soldats stipendiés ? et en y joignant une flotte considérable , ne mettroit-on pas l'empire à l'abri
de toute invasion ? Il fallut céder au vœu
général et abandonner un projet qui flattoit
l'ambition et le despotisme du roi. Guillaume
se plaignit de la méfiance et de l'ingratitude
de son peuple , et parut se repentir d'avoir
accepté la couronne d'Angleterre à des conditions qui limitoient ses droits et son pouvoir.

Charles II , roi d'Espagne , étoit expirant ;
trois concurrens se présentoient pour recueillir une immense succession , le roi de France,
comme petit-fils de Philippe III , le prince
de Bavière et l'archiduc Charles , fils de
l'empereur Léopold. On n'entreprendra point
de discuter la préférence qui étoit due à leurs
prétentions : aucun prince n'y avoit aucun
droit ; c'étoit à la nation à disposer du trône
et à donner à un chef digne de sa confiance
l'exercice de sa souveraineté. L'Europe étoit
menacée d'une guerre générale. Louis XIV ,
qui paroissoit desirer la paix pour prévenir
l'effusion du sang , crut qu'il falloit diviser
la monarchie espagnole : il se contentoit pour
sa famille du royaume de Naples , de Sicile ,

et de quelques autres possessions en Italie ;
il donnoit à la maison de Bavière l'Espagne,
les Pays-Bas et les Indes occidentales : il ne
restoit au fils de l'empereur que le duché de
Milan. Ce projet de partage avoit été communiqué secrètement à Guillaume, qui l'a-
voit approuvé sans consulter le parlement.
Quelque tems après, le prince de Bavière
étant mort, les intrigues recommencèrent à
la cour de Madrid, à Vienne, à Versailles,
à Londres, à la Haye et à Rome ; il fallut
procéder à un nouveau partage entre les deux
concurrens qui restoient, et on fit un traité
de garantie entre l'Angleterre, la Hollande
et la France. Le cardinal Portocarero et les
grands d'Espagne qui avoient connoissance
de ce partage, représentèrent à Charles mou-
rant, combien il seroit dangereux de laisser
démembrer une monarchie si brillante et si
redoutable : l'idée de voir vingt-deux cou-
ronnes transportées dans une maison rivale
et ennemie de l'Espagne, avoit plongé Charles dans des sombres inquiétudes ; enfin après
des combats et des irrésolutions, ce prince
suivit les conseils de son ministre et des
grands du royaume. On ne s'attendoit pas à
cet effort de magnanimité. Charles étoit un
prince sans caractère et sans énergie. Par

17

son testament, le duc d'Anjou, petit-fils de Louis XIV, fut déclaré héritier de tous ses états.

Charlès d'Autriche, après avoir signé la ruine de sa maison et la grandeur de celle de Bourbon, acheva, à l'âge de trente-neuf ans, la vie obscure qu'il avoit menée sur le trône. Peut-être, dit Voltaire, il n'est pas inutile pour faire connoître l'esprit humain, de dire que quelques mois avant sa mort, ce monarque fit ouvrir à l'Escurial les tombeaux de son père, de sa mère, de sa première femme, Marie-Louise d'Orléans dont il étoit soupçonné d'avoir permis l'empoisonnement. Il baisa ce qui restoit de ces cadavres, soit qu'en cela il suivit l'exemple de quelques rois d'Espagne, soit qu'il voulut s'accoutumer aux horreurs de la mort, soit qu'une secrète superstition lui fit croire que l'ouverture de ces tombes retarderoit l'heure où il devoit être porté dans la sienne.

Louis XIV fit proclamer le duc d'Anjou, son petit-fils, roi d'Espagne. Guillaume redouta que la grandeur des Bourbons n'anéantit la liberté de l'Europe ; déjà il cherchoit des alliances, et exhortoit les souverains à former une confédération contre la France. Chaque puissance fit ses préparatifs pour

soutenir la guerre. Il étoit impossible que le
parlement ne fût point instruit et du traité
et du testament du roi d'Espagne. Les deux
chambres demandèrent à Guillaume la noti-
fication de tous les traités pour examiner les
intérêts et les droits de la nation dans un
objet aussi important. Le parlement manifesta sa surprise et son mécontentement de
ce que le roi avoit violé la constitution de
l'état, en négociant à son insu, et en con-
cluant des traités sans les soumettre à la
sanction du corps législatif. Les pairs et les
communes dressèrent séparément des remontrances énergiques ; mais comme par une loi
fondamentale, *le roi n'a jamais tort,* on attaqua les ministres qui, par l'ordre du roi,
avoient réglé les différentes négociations.
Les communes lancèrent un décret d'accusation contre cinq ministres dont elles demandèrent la destitution. Guillaume n'eut pas
le courage de s'opposer au décret des communes : il consentit à renvoyer les cinq ministres dénoncés. Ici, s'éleva une contestation entre les communes et les pairs. Les
premières prétendirent qu'elles avoient le
droit de juger les ministres accusés ; les pairs
leurs contestèrent ce privilège ; eux seuls,
par la constitution, doivent juger ceux qui

17 *

sont accusés par la chambre des communes,
autrement elles réuniroient deux pouvoirs
contradictoires et contraires aux véritables
principes de la justice. Le tribunal qui ac-
cuse ne peut pas juger ; l'accusateur qui
veut s'arroger ce droit est un véritable usurpateur, et un tyran qui brûle de répandre
le sang de son ennemi. Les chartres furent
consultées, et après des débats tumultueux
la chambre des pairs fut maintenue dans le
droit de juger les ministres dénoncés par
les communes. Bientôt elle proclama leur
innocence.

Le parlement régla la succession au trône.
Le duc de Glocester étoit mort, c'étoit le
seul enfant qui restoit du mariage d'Anne,
épouse du prince de Dannemarck, et héritière du trône. On exclut de la succession
tout prince catholique pour la fixer dans la
ligne protestante. Le parlement décida cons-
titutionnellement, 1°. que le prince qui mon-
teroit sur le trône britannique seroit uni de
communion avec l'église anglicane ; 2°. que
s'il étoit étranger, la nation ne prendroit
aucune part, sans le consentement du parlement, à aucune guerre pour défendre les
états qu'il posséderoit hors du royaume ;
3°. qu'il ne pourroit sortir de l'Angleterre,

d'Ecosse et d'Irlande sans un décret du corps
législatif ; 4°. qu'aucun étranger, fut-il natu-
ralisé et regnicole, à moins qu'il ne fût né
de parens anglais, ne pourroit entrer au
conseil, ni devenir membre du parlement,
ni posséder aucune place de confiance, ni
obtenir par concession de la couronne aucune terre, ni héritage ; 5°. que quiconque
tiendroit du roi une pension ou quelque emploi lucratif, ne pourroit être membre des
communes ; 6°. enfin, qu'un pardon, scellé
du grand sceau, ne pourroit valoir contre
une accusation faite par la chambre des communes. On déclara ensuite que la princesse
Sophie, duchesse-douairière d'Hanovre, petite-fille de Jacques Ier., étoit la plus proche
héritière du trône dans la ligne protestante,
après les descendans respectifs du roi et de
la princesse Anne, fille de Jacques II. La
religion fit sacrifier la maison de Savoie à
celle de Hanovre, qui étoit plus éloignée de
la succession au trône.

Guillaume consentit à laisser poser les
limites dans lesquelles le parlement vouloit
renfermer l'autorité royale, pourvu qu'il lui
fournit les moyens de combattre Louis et
d'humilier la France. Cependant, malgré
les apparences d'une guerre inévitable, l'An-

gleterre et la Hollande avoient reconnu le
duc d'Anjou pour l'héritier du trône d'Espagne. L'empereur Léopold demanda à ces
deux puissances la garantie stipulée par les
traités. Guillaume se rendit à la Haye. La
Grande-Bretagne et les Provinces-Unies se
liguèrent avec l'empereur pour le rendre
maître des Pays-Bas Espagnols, de Naples,
de la Sicile et du Milanez. Le parlement accorda au roi des subsides, déclara Jacques
coupable de haute trahison, et prononça un
bill de proscription contre ses défenseurs.
Ce fut alors que Louis XIV promit à ce
prince expirant de faire reconnoître le prétendant, son fils, roi d'Angleterre, d'Ecosse
et d'Irlande, et en effet il le fit proclamer
roi après la mort de son père. Cet acte étoit
une véritable violation du traité de Risvich.
Jacques mourut à Saint-Germain. Peu de
rois furent plus malheureux que lui; et il n'y
a aucun exemple dans l'histoire d'une maison
si long-tems infortunée. Le premier des rois
d'Ecosse, ses ayeux, qui eût le nom de Jacques, après avoir été pendant dix-huit ans
prisonnier en Angleterre, mourut assassiné
avec sa femme, par la main de ses sujets;
Jacques II, son fils, fut tué à 29 ans en com-
battant contre les Anglais; Jacques III,

mis en prison par son peuple, fut tué ensuite par les insurgés dans une bataille ;
Jacques IV périt dans un combat, où il fut
vaincu ; Marie Stuard, sa petite-fille, chas-
sée de son trône, fugitive en Angleterre, eut
la tête tranchée ; Charles Ier. périt sur l'é-
chafaud. Il existe une destinée malheureuse
qui fait éprouver ses horreurs à des familles
entières. Ce n'est point le hasard, qui n'est
qu'un mot vague, qui produit cette fatalité :
le hasard change, varie ses opérations et ne
se fixe sur aucun objet. C'est ici un mystère
de la nature que l'homme ne pourra jamais
connoître.

Jacques eut des talens guerriers. Le sage
Turenne honora, par ses éloges, ses exploits.
Il fut savant dans l'art de la marine et dans
la science du commerce ; grand-amiral avant
d'être roi, il avoit inventé l'art de commander la manœuvre sur les flottes par les
signaux des pavillons ; ses amis eurent à se
louer de sa constance, ses ministres de sa
fermeté, ses courtisans de sa franchise, ses
serviteurs de sa générosité, ses trésoriers de
son exactitude, ses alliés de sa fidélité, ses
enfans de sa bonté ; mais il ternit ces aimables qualités par son despotisme et ses
vengeances. Fier, il dédaigna de déguiser

ses prétentions , et laissa éclater trop ses
vues ; violent, il méprisa les voies de l'insi-
nuation , et voulut arriver à son but par la
force et la superstition ; opiniâtre , il n'abandonna jamais ses entreprises , et il aimoit
mieux tout perdre que de reconnoître ses
erreurs et de les réprimer.

Un seul intérêt réunit tous les partis ; les
préparatifs furent immenses ; Guillaume convoqua le parlement pour lui annoncer que le
moment étoit arrivé d'affermir sur des bases
inébranlables la constitution de l'état , et la
religion nationale ; qu'il falloit prendre des
mesures dignes de la grande nation , que
les circonstances exigeoient de grands efforts et de nouveaux sacrifices ; qu'il se proposoit d'étendre la gloire de l'empire , d'é-
tablir la félicité publique , de tenir la balance de l'Europe , de veiller aux intérêts
des protestans , de suivre les conseils et
de profiter des lumières des représentans
de la nation. Le parlement applaudit avec
transport au discours du roi , et pour prix
de son zèle et de sa confiance, il reçut des
subsides considérables. Guillaume conclut
le traité connu sous le nom de la grande
alliance entre l'Empire , l'Angleterre et
la Hollande , traité auquel quelques princes

Allemands accédèrent : on fit de nouveaux emprunts ; une flotte fut équipée avec une diligence incroyable ; le contingent de chaque puissance fut fixé à quarante mille hommes. Guillaume hâtoit les préparatifs militaires : son esprit ardent , dans un corps sans force et presque sans vie , agitoit tous ses sens , moins pour servir la maison d'Autriche que pour humilier Louis XIV. Il devoit se mettre à la tête des armées , lorsque la mort vint le frapper : une chûte de cheval acheva de déranger ses organes affoiblis ; une fièvre l'emporta. Il mourut , ne répondant rien à ce que des prêtres anglicans , qui étoient auprès de son lit , lui dirent sur leur religion , et ne marquant d'autre inquiétude que celle que lui donnoient les affaires de l'Europe.

'Le portrait de Guillaume nous a été transmis sous différens traits : un historien, dans un tems de faction et d'anarchie , ne consulte pas toujours la vérité ; entraîné dans un parti , il en suit les principes et en proclame la doctrine : son enthousiasme le conduit à l'erreur, et les passions qui l'agitent le rendent ou un flatteur complaisant , ou un censeur injuste. Guillaume , né avec une constitution foible et des talens médiocres , fut placé par la for-

An 1702.

tune sur un théâtre si important , que ses
moindres mouvemens devoient en imposer ;
brave soldat , mauvais général , souple devant les parlemens , hautain avec ses alliés ,
arrogant lorsqu'il formoit ses projets , décon-
certé après l'action , toujours battu et toujours complimenté , il ne cessa d'épuiser les
trésors de l'état , et son peuple ne cessa de le
remercier. Il fut rigide dans ses mœurs par
tempérament , par ambition , par foiblesse ,
pour contraster avec le faste brillant de
Louis XIV ; il affectoit de fuir les éloges , et
sembloit mépriser les flateries , parce que le
roi de France en étoit idolâtre. Froid , inquiet , avare , dissimulé , il n'eût ni l'art de
connoitre les hommes , ni celui de les gagner
par des bienfaits ; toujours sombre et rêveur ,
il avoit plus de jugement que d'imagination.
Savant dans toutes les langues de l'Europe ,
il n'en parloit aucune avec agrément , et ne
savoit ni apprécier les fruits du génie , ni ré-
compenser les talens. Il n'avoit point acquis
ces graces qui animent la conversation et
embellissent le caractère : un silence , une
réserve qui approchoient de l'humeur , lui
étoient naturels dans le particulier , et sembloient indiquer non-seulement du dégoût
pour la société , mais encore de la méfiance

envers les hommes. Il manquoit aux procédés
ordinaires de l'attention ; ses faveurs per-
doient beaucoup de leur prix par la froideur
avec laquelle il les accordoit. Il ne s'accom-
modoit pas assez aux dispositions du peuple,
qui lui avoit juré foi et hommage. Les infir-
mités de sa constitution, la dépression de
son état dans sa jeunesse, une expérience
funeste de trahison et de perfidie qu'il avoit
faite dans ses relations politiques avec les
hommes, la grandeur et le poids des affaires
qui pesoient constamment sur son esprit,
lui firent contracter une habitude de gravité
qui jete un voile sur les charmes de la vertu ;
et contribue souvent plus que les vices même
à rendre le caractère repoussant. Guillaume
sacrifia toutes les vertus et toutes les affec-
tions de la nature à sa haîne, à ses vengeances et à sa sombre politique ; il n'aimoit point
le peuple, et il vouloit l'opprimer. Il fomentoit des guerres pour satisfaire son ambition
dévorante, pour établir son autorité oppressive, et pour remplir l'Europe du bruit de
sa gloire et de son nom. En élevant la nation
anglaise à un degré de gloire étonnant, il
détruisit sa morale et prépara la corruption
des mœurs publiques. On peut assurer, dit
un historien, que Guillaume fut aussi perni-

cieux pour l'Angleterre, que les Stuard : il
créa le premier cette dette nationale, dont
la masse progressive et étonnante produira
un jour sa servitude et sa dégradation ; enfin
il inspira aux Anglais cette frénésie de se
mêler dans les querelles du continent, frénésie qui a fait verser tant de sang et épuiser
tant de trésors, sans profiter à aucun peuple.
Guillaume, quoique usurpateur, remplit les
vœux de la nation ; il extirpa le catholicisme,
assura la couronne à la ligue protestante,
opposa quelque barrière à la grandeur et à la
puissance de la France, exalta le courage et
le génie du peuple, consolida la constitution,
affermit les fondemens de la monarchie et
défendit la liberté publique.

Ce fut sous le règne de Guillaume que le
gouvernement anglais commença à contracter ces dettes énormes qu'il appelle aujour-
d'hui ses *fonds*, et dont la masse effraie les
calculateurs financiers et les politiques éclairés. Il fallut à Guillaume des trésors pour
repousser les forces de la France, et ce fut
pour seconder l'ambition et pour satisfaire
la haîne de ce prince, que le parlement eut
recours à cette voie dangereuse des emprunts,
qu'on peut appeler l'art d'opprimer les générations futures ; art qui tend à détruire l'agri-

culture, le commerce, l'industrie, à introduire dans toutes les classes des citoyens
l'égoïsme et l'indifférence pour l'humanité ;
à produire un agiotage scandaleux et un systême d'immoralité qui éteignent les vertus
publiques. Le tems et les lumières ont donné plus de vigueur et de consistance à ces
principes de dépravation sur lesquels repose
cet édifice financier. Cette facilité d'em-
prunter a brisé les ressorts de la constitution
britannique , a opprimé son commerce , a
détruit son territoire et ses villes , a épou-
vanté le luxe lui-même par des droits multipliés par la fiscalité. C'est depuis cette époque,
dit un philosophe , que l'esprit de conquête
a pris une nouvelle forme , et que les rois plus
jaloux de reculer les bornes de leurs domaines
que de rendre leurs peuples libres et fortunés,
se sont ruinés à l'envi et ont dépeuplés leurs
propres états pour régner sur de nouveaux
déserts. On ouvrit un bureau où les porteurs
du numéraire recevoient pour équivalent des
billets d'état qui produisoient quarante-cinq
et jusqu'à cinquante pour cent , opération
qui causa dans les fortunes des particuliers
la même révolution qu'apporta en France le
systême de Law , avec cette différence cependant qu'en Angleterre ces *fonds* subsistent

encore, et forment aujourd'hui une portion
de richesses fictives ou réelles de la nation.
Quoique le prodigieux accroissement de cette
dette prouve l'étendue des ressources et du
crédit de la Grande-Bretagne, l'on ne sauroit
cependant douter que les contributions an-
nuelles, destinées à payer les intérêts, ne
soient inférieures à ses forces. La plus légère
erreur, la moindre méfiance sur les principes et la base de son crédit, peuvent bouleverser l'état et le conduire à sa dissolution.
L'Angleterre n'est point assez riche pour
payer le capital de sa dette immense : le produit de la vente de son territoire et de ses
domaines ne pourroit point fournir au rem-
boursement des créanciers de l'état : les emprunts nécessitent les impôts, et les impôts
multipliés produisent les murmures et les insurrections des peuples, et préparent ces
révolutions qui ébranlent les empires et renversent les trônes.

L'établissement des fonds publics sur le
crédit national, dit Bolinbroke, a causé plus
de maux que les taxes elles-mêmes ; non-
seulement en augmentant les moyens de corruption et le pouvoir de la couronne, mais
sur les effets qu'il a produit sur l'esprit de la
nation, sur les mœurs et sur la morale. On

ne peut voir sans la plus vive douleur les
conséquences inévitables de cet établissement, ni regarder sans indignation ce mystère d'iniquité auquel il a donné naissance,
et qu'il a soutenu pendant près d'un demi-
siècle. Quand on considère l'avenir, on est
rempli d'horreur des suites qu'il peut avoir.
On dit, observe Hume, que pour augmenter
le commerce et multiplier les richesses, le
moyen le plus assuré est de créer des fonds,
de faire des dettes et de mettre des taxes sans
bornes : il faut mettre cette maxime au rang
de l'éloge de la folie, de la fièvre et du pané-
gyrique de Néron et de Busiris. L'effet des
papiers publics, ajoute le même auteur, est
d'attirer beaucoup de monde dans la capitale
et de rendre désertes les provinces. Ils ban-
nissent l'or et l'argent du commerce, et par
ce moyen rendent les provisions et le travail
plus cher qu'ils ne le seroient autrement ; ils
nécessitent de nouvelles taxes sans lesquelles
on ne pourroit point soutenir le crédit du
papier, et par là on opprime le peuple. Les
étrangers possèdent une partie de ce papier :
le public devient leur tributaire ; enfin le papier étant toujours dans les mains de gens
paresseux qui vivent sur leurs revenus, est un
encouragement pour la vie oisive et inutile.

Les dettes publiques, continue Hume, sont semblables à ces vers rongeurs dont les ravages secrets dans un corps absorbent enfin sa substance. L'imagination la plus propre à se flatter ne sauroit espérer que ce ministère ou tout autre à l'avenir, aient une frugalité assez rigide et assez constante, pour faire quelques progrès dans l'acquittement de nos dettes, ou que la situation des affaires étrangères leur laisse assez de loisir et de tranquillité pour exécuter une pareille entreprise. Que deviendrons-nous ? un tems viendra où les ressources épuisées nous laisseront sans moyen de défense. Dans un instant l'ennemi peut venir sur nos côtes; l'argent pourra être prêt alors au trésor national pour acquitter un quartier d'intérêt : la nécessité parle, la crainte presse, la raison exhorte, la compassion seule s'oppose, et c'est en vain; on se servira de l'argent pour le service courant, sous les protestations les plus solemnelles de le remplacer immédiatement; mais on sera dans l'impossibilité de remplir cette promesse. L'édifice entier, déjà chancelant, s'écroule et ensevelit des milliers d'hommes sous ses ruines. Voilà ce qu'on peut appeler la mort naturelle du crédit public ; voilà où tend aussi naturellement notre corps poli-

tique, que celui de l'animal tend à sa destruction.

Le gouvernement anglais fonde ses richesses sur le crédit public, et le crédit public sur sa banque. De tous les établissemens
celui de la banque est le plus fictif : elle n'a
aucune réalité ; son existence est dans son
nom. C'est un être de raison qui tire sa
création de l'opinion des hommes ; son plus
grand enchantement est de substituer des
signes imaginaires a des sommes réelles, opération forcée qui doit nécessairement en opérer la chûte. Les juifs avoient été chassés
autrefois de plusieurs états de l'Europe, pour
avoir imaginé les premiers qu'on pouvoit
changer l'argent en papier, et ensuite changer ce même papier en argent ; opération
malheureuse, qui a bouleversé la fortune de
plusieurs sociétés politiques, et qui força les
habitans à quitter leur patrie, emportant
tous leurs effets, meubles et immeubles, sans
laisser aucune trace de leur évasion.

La première opération que fit la banque
de Londres, fut de prêter au gouvernement
un million deux cent mille livres sterlings,
somme qui lui avoit été confiée comme en
dépôt par les souscripteurs, qui, par consé-
quent ne lui appartenoit point ; la seconde

18

fut d'attirer tout le numéraire de la nation,
persuadée qu'avec ce grand dépôt, elle pourroit former de grands projets, soit en conti-
nuant à faire des avances au gouvernement,
soit à gagner des sommes considérables pour
l'intérêt de l'argent qu'on lui avoit prêté, spéculation qui tendoit à s'emparer des capitaux
de la Grande-Bretagne. Le projet fut bien
conçu, il fut bien exécuté. La banque royale
devint un gouffre, où toutes les richesses de
la nation vinrent se précipiter. Quand elle eut
attiré à-peu-près tout le numéraire, elle
offrit en prêt de nouvelles sommes au gouvernement, qui ne fit pas de grandes difficultés pour les prendre ; c'est-à-dire, comme
on vient de le voir, qu'elle lui confia un argent qui appartenoit aux actionnaires. Ce
brigandage financier étoit une violation de
la foi publique.

Le parlement favorisa cet agiotage qui
devoit ruiner l'état : il vit la facilité qu'on
avoit de trouver de l'argent, et au lieu d'arrêter ce monopole, il se rendit lui-même
caution du gouvernement d'un emprunt qu'il
n'auroit jamais dû lui permettre de faire.
Cette collusion fut le triomphe de la banque,
puisque, soutenue par le parlement, elle ne
craignoit ni reproche, ni accusation. Lorsque

la législation se prête à favoriser les opérations meurtrières des agioteurs, l'état est
perdu. La cour se réunit au gouvernement
et ce fut par ce commerce continuel de
monopole et de spéculation que la banque
fonda les bases de son établissement. Avant
le règne de Guillaume, lorsque le roi demandoit de l'argent au parlement, le corps
législatif lui disoit souvent qu'il n'en avoit
point ; mais dès que les directeurs de la
banque lui eurent remis les clefs du trésor
public, le monarque en pût puiser tant qu'il
voulût, et dès-lors les subsides accumulés
accablèrent la nation : il faut bien nécessairement que ce poids l'écrase et l'anéantisse.

Le règne de Guillaume III devient une
époque intéressante pour les apologistes et
les admirateurs de la constitution britannique. Examinons rapidement cette constitution et l'influence qu'elle a sur le systême
politique et les mœurs de la nation anglaise;
nous apporterons dans cet examen, cette
impartialité qui doit caractériser un ami de
la vérité : l'historien qui veut instruire son
siècle et éclairer les générations futures, n'est
d'aucun parti ; il est étranger à toutes les
factions, il n'est point l'esclave des préjugés
nationaux ; il examine, il discute, il juge

18 *

sans crainte , sans passions ; il ne redoute ni
la calomnie , ni l'oppression. Dans l'auguste
ministère qu'il exerce , il se sépare des hommes , quitte le tumulte des villes , et , seul
avec sa conscience et son génie , il va chercher un asyle dans le sanctuaire sacré et in-
violable de la nature.

Il est peu de contrées en Europe , où la propriété soit plus respectée , et l'industrie publique plus encouragée qu'en Angleterre.
Là , on récompense les talens , on appro-
fondit les secrets de la politique , on défend
les droits de la liberté ; le génie , sans efforts
comme sans entrave , peut annoncer des vérités utiles , et se placer à côté du trône pour
instruire les rois et éclairer les peuples. Cependant la Grande-Bretagne est le théâtre des
fureurs et des factions intestines , les fondemens de l'état y sont presque ébranlés par de
violentes commotions , les rois y ont été dé-
trônés , et ont péri au milieu des tortures et
des échafauds , les grands ont été massacrés
par le glaive de la loi , la noblesse a été
exterminée dans les combats , le peuple a
été féroce et malheureux , les villes et les
provinces ont été inondées de flots de sang ,
et les campagnes ont été couvertes des cadavres. La superstition religieuse a exercé

ses vengeances, et le fanatisme politique
ses fureurs : les autels ont été renversés et
une religion bizarre et absurde s'est élevée
sur les débris du catholicisme ; on a détruit
l'alliance avec le pontife de Rome, et on
s'est soumis à la domination des prêtres anglicans. Le trône a été le prix de l'audace,
de l'usurpation et des crimes, et il n'a pu
être affermi que par la tyrannie et la terreur.

Cet empire, depuis sa naissance, a été un
assemblage continuel de vices et de vertus,
d'héroïsme, de perfidie, de courage et de
férocité, de tolérance et de fanatisme, de
religion et d'incrédulité, d'orgueil et de
bassesse, d'actions sublimes et bizarres.
Cette nation a été domptée et conquise par
les Saxons, les Danois, les Normands : elle
a été opprimée par la tyrannie de ses rois
et a gémi sous les chaînes de la féodalité ;
elle a combattu tour-à-tour pour sa liberté,
et s'est prosternée devant ses oppresseurs.
Cette chambre des communes, instituée
pour défendre les droits du peuple, a consacré tour-à-tour l'assassinat, l'usurpation et
l'esclavage : elle a fait périr ses rois et a
donné le trône britannique à des tyrans et
à des usurpateurs. Factieuse sous des princes
foibles, esclave sous des monarques fermes,

elle a brisé le pacte social et fomenté ces
guerres qui, pendant des siècles, ont ravagé
et inondé de sang les villes et les provinces.
Cette nation a été avilie sous la domination de ses conquérans, malheureuse sous
le règne de la race de Plantagenet, trem-
blante et esclave sous la dynastie de Tudor,
factieuse sous les princes de la famille de
Stuard, corrompue et dégradée sous les rois
de la maison de Brunswick.

Là, on brave le peuple et on craint ses
menaces. L'Anglais est tour-à-tour républicain et fauteur du despotisme. Libre par la
constitution de l'état, et esclave par son
gouvernement; affranchi de la tyrannie par
les lois et avili par la corruption ministérielle, courtisan et philosophe, ambitieux et
moraliste, religieux et enthousiaste, com-
merçant par intérêt et conquérant par orgueil; ami de l'humanité au sein de ses
foyers, inhumain et féroce dans ses colonies,
tranquille pendant la paix et terrible au milieu des troubles et des séditions; vertueux
par vanité et vicieux par calcul, impétueux
dans les factions et froid dans les actions civiles de la vie; triste et méthodique au milieu des fêtes et des plaisirs, généreux et
magnifique chez l'étranger, économe dans

sa patrie, aimant la vérité et devenant le
jouet des erreurs politiques ; ennemi des rois
dont il recherche les honneurs et sollicite les
dignités : l'élément qui entoure cette contrée
lui communique son inconstance et ses agitations.

La constitution anglaise devient l'objet
de l'admiration et des éloges des politiques
et des philosophes. Les hommes qui se li-
vrent à l'étude du droit naturel dans les di-
verses monarchies de l'Europe, entourés
chez eux du spectacle de l'esclavage, croient
voir dans les îles britanniques la retraite
fortunée où la liberté s'est réfugiée. Sans
doute cette constitution fut quelque chose
de sublime pour le tems de ténèbre et d'esclavage, qui la virent naitre lorsque le despotisme subjuguoit tout, le plus léger effort
pour s'en affranchir étoit une entreprise
hardie et glorieuse, c'étoit l'aurore de la
liberté qui devoit éclairer et purifier l'horizon politique ; mais les orages ont obscur-
cis cette horizon, ils ont produit la foudre
qui a détruit les moissons et ravagé les
campagnes. Sans doute cette constitution est
propre à développer la grandeur du génie et
à balancer les pouvoirs ; mais fait-elle la félicité de la nation, et lui donne-t-elle le sen-

timent de son indépendance et l'amour des
vertus publiques ? N'a-t-elle pas sacrifié son
intérêt, son honneur, ses droits pour donner
à l'univers le spectacle de sa puissance et de
son orgueil ? A quoi sert d'admirer et de proposer pour modèle une constitution qui a
produit les guerres civiles, les factions, les
crimes et tous les fléaux de la nature ? La
grandeur et l'éclat d'un empire n'annoncent
pas toujours la sagesse de ses lois constitu-
tives ; ces signes sont quelquefois les précurseurs de sa chûte et de son esclavage. On
doit juger de l'excellence d'une constitution
par son influence sur le bonheur public : il ne
faut point considérer le gouvernement d'une
nation pour savoir si elle est libre : elle est
libre lorsqu'elle est heureuse, et alors son
gouvernement est digne d'admiration. Fixez
vos regards sur le peuple et sur la contrée
qu'il habite, si les campagnes sont florissantes et les champs cultivés, si la joie
règne dans les fêtes champêtres, si dans les
villes le peuple travaille et chante au milieu
de ses travaux, s'il aime son gouvernement,
et obéit aux lois, si les mœurs publiques sont
pures, si tous les citoyens sont unis par les
liens de la paix et de la confiance, alors
soyez saisi d'admiration et de respect en

voyant cette nation , et croyez qu'elle est libre parce qu'elle est heureuse.

L'Anglais , par une heureuse magie , se croit libre : il a renversé la tyrannie de ses rois et détruit la féodalité ; il s'est associé à la puissance législative , et exerce les droits de la souveraineté. Mais pourquoi faut-il que cette constitution l'entraîne à la servitude ? pourquoi faut-il que son code civil soit un mélange de confusion et d'injustice ? Né des institutions des sauvages et de la féodalité anarchique , ce code de jurisprudence renferme des principes destructifs de la liberté, et outrage tout-à-la-fois la justice et l'humanité. L'Angleterre qui a créé les Bacon, les Loke , les Clarendon , les Pope , les Hume , les Roberson , n'a pas encore changé sa législation civile. Les gouvernemens craignent-ils donc d'éclairer et de consoler les peuples, ou faut-il des siècles à la nature pour produire un législateur philosophe ?

Le peuple anglais pense être libre, dit l'auteur du contrat social, il se trompe fort ; il ne l'est que durant l'élection des membres du parlement : sitôt qu'ils sont élus, il est esclave. Il n'est rien dans les cours momens de sa liberté : l'usage qu'il en fait mérite bien qu'il la perde. On peut ajouter que le peuple

ànglais n'est pas même libre durant l'élection
des membres du parlement : sa liberté est
vendue d'avance ; l'intrigue et la séduction
achètent ses suffrages, et il choisit malgré
lui, non pas les députés les plus propres à
défendre ses droits, mais ceux que les agens
du gouvernement lui désigne. Un peuple
corrompu n'est pas libre : l'immoralité produit la servitude.

Cet état de violence et de despotisme qui
force un citoyen paisible à servir sur les escadres britanniques, cette fiscalité inquisi-
toriale qui, au moindre soupçon, ordonne
à tous ses satellites d'aller violer les asyles
et de pénétrer dans les secrets des familles ;
cette proclamation de la loi martiale qui
massacre et détruit, lorsque le gouvernement entend le cri de la liberté et la voix
plaintive des opprimés, ces entraves qui
gênent le commerce, cette intolérance religieuse, ces corporations dangereuses, ces
parlemens vendus aux caprices de la cour,
et aux volontés des ministres, cette multiplicité d'emprunts et de taxes, cette progres-
sion annuelle des capitaux, cette facilité à
augmenter la dette nationale, cette confiance
dans la circulation du papier-monnoie, ce
défaut de la représentation du peuple,

ce vice dans le choix des suffrages, cette
irrégularité dans les élections, cette rigueur
dans les lois pénales, ce pouvoir arbitraire
de dissoudre l'assemblée nationale, ces combats de la prérogative royale et de la liberté
publique, cette réunion du pouvoir législatif
au pouvoir judiciaire, ce droit exclusif de
la chambre des pairs de juger les crimes de
lèze-nation, cette magistrature suprême de-
venue héréditaire et perpétuelle, tous ces
abus démontrent les imperfections et les
vices du gouvernement de la constitution
britannique, et prouvent que l'Anglais ne
jouit pas de cette liberté qui doit être fondée
sur les véritables principes de la raison, de
la politique, de la nature et sur les maximes
éternelles de la morale.

Au milieu de cette fluctuation de pouvoir
et de liberté, la nation anglaise oublie ou
méconnoît ce pacte primordial qu'elle a proclamé avec tant de solemnité. Oui, elle deviendra esclave en croyant conserver son indépendance et son orgueil. Quelle est cette
liberté que les représentans du peuple peuvent attaquer ou altérer sans craindre d'être
punis par leurs constituans ? quelle est cette
liberté que ces constituans confient sans
examen à des citoyens qui les ont achetés

eux-mêmes à prix d'argent ? Le roi peut faire du congrès, qui représente la nation, l'oracle de sa volonté et l'instrument de son despotisme ; il peut détruire la liberté publique, il peut opprimer son peuple sans craindre ces lois qui limitent sa puissance et son pouvoir. Si on ne voit point dans la Grande-Bretagne le despotisme légal, on y apperçoit la corruption ministérielle, agent plus dangereux et plus redoutable que l'autorité absolue du monarque, puisque le peuple anglais respecte dans son roi le droit qu'il a de le corrompre. Le despotisme par ses propres excès, s'épuise et s'anéantit, et sur ses débris naît et s'élève l'auguste édifice de la liberté publique ; mais lorsque la constitution par ses vices, le gouvernement par sa corruption, invitent et forcent le peuple à étendre le pouvoir au-delà des limites qui sont fixées, alors cette nation devient nécessairement esclave et ne sauroit conquérir sa liberté : elle se réjouit au milieu des chaînes qui l'oppriment, voilà le dernier degré de perversité et de dégradation d'un peuple, qui, en proclamant son indépendance et ses droits, se prosterne devant ses oppresseurs, et baise la main qui lui forge des fers.

Le roi élit les membres de la chambre des
pairs. Ce sénat aristocrate et perpétuel ne
représente pas la nation, et cependant il
partage la puissance législative avec des
coopérateurs amovibles et passagers, mais
nommés par le peuple. Les pairs, étrangers
pour ainsi dire dans le sein de l'état, attachés
par intérêt, par ambition, par reconnoissance au monarque, peuvent facilement se
réunir aux ministres pour sacrifier la liberté
publique, pour étendre l'influence de la couronne, et pour augmenter les droits de l'autorité royale. Une nation n'est pas libre,
lorsque ceux qui exercent la puissance législative, ne reçoivent point leur pouvoir et
leur mandat du peuple. La constitution anglaise, en divisant l'autorité et en multipliant les pouvoirs, ne donne pas assez de
force au peuple anglais pour conserver sa
liberté et pour résister au despotisme : que
peut-il opposer à la puissance du roi, au
pouvoir de la chambre des pairs, aux intrigues des ministres et à la corruption de
ses propres représentans? Le monarque est
le chef de l'état, le pontife de la religion,
le premier magistrat de la patrie ; il dirige
la force armée, fait exécuter les lois, nomme
à tous les emplois civils, militaires et reli-

gieux, distribue les honneurs, les dignités,
possède des trésors immenses, déclare la
guerre, fait la paix, forme des alliances ; il
est associé au pouvoir législatif, il exerce
une puissance supérieure à la nation, puisqu'il a le droit de proroger et de dissoudre le
parlement ; il est revêtu de la puissance
exécutive dans toute sa plénitude. Les pairs
sont par la loi même indépendans de la nation, puisqu'ils exercent une magistrature
perpétuelle ; les ministres peuvent impunément enchaîner les volontés, et corrompre
les consciences ; les communes peuvent se
vendre, se dégrader, trahir la cause du
peuple, et violer les droits de la liberté sans
craindre la justice de leurs constituans. Voilà
les désordres, les abus et les vices que produit la constitution britannique : elle étoit
sans doute destinée dans son origine à affermir et à balancer tous les pouvoirs, mais
le tems a corrompu sa tige et desséché ses rameaux.

La nature conduit tout ce qui existe à sa
dissolution, rien ne peut changer les destinées des empires. Ainsi que l'homme, ils
passent de l'enfance à la jeunesse, de la
jeunesse à l'âge mûr, de la vieillesse à la
mort. Rien ne peut suspendre cette marche

lente et insensible. A peine sont-ils arrivés
à ce point de prospérité qui fixe les regards
et l'admiration des hommes, qu'un bras
caché semble les pousser violemment vers
leur décadence. En vain luttent-ils dans
le cours des âges, contre la destinée qui les
presse, ils sont nécessairement forcés de devenir la proie du tems qui précipite dans les
tombeaux les générations, leurs lois, leurs
institutions, et ces monumens superbes qui
sembloient braver les siècles et promettre
l'immortalité. Comme toutes les choses humaines ont une fin, dit Montesquieu, l'Angleterre perdra sa liberté. Rome, Lacédé-
mone, Carthage ont bien péri : elle périra
lorsque la puissance législative sera plus
corrompue que la puissance exécutive. Cette
époque, fixée par le législateur des nations,
est enfin arrivée ; cette prophétie politique
va s'accomplir : la corruption, érigée en systême politique, a perverti les consciences,
dégradé les conceptions, détruit les vertus
publiques, et a substitué à l'amour de la
patrie et de la liberté, cette soif insatia-
ble de l'or, et cette avidité des honneurs
et des dignités qui changent la nature de
l'homme, mettent en fermentation toutes
ses passions, et lui donnent les vices d'un

esclave ; les uns deviennent des courtisans
et des favoris occupés à entourer le trône
et à flatter les rois pour obtenir les honneurs du ministère ou la dignité de la pairie ; les autres se déclarent les ennemis
de l'autorité royale , et les dénonciateurs
perpétuels de l'administration publique ,
pour acquérir cette célébrité que l'enthousiasme donne aux vertus républicaines , et
quelquefois à l'hypocrisie politique. Dévo-
rés par l'ambition , ils veulent fixer les
regards de l'Angleterre , et développent un
grand caractère d'opposition pour forcer la
cour à leur confier les rênes du gouvernement. Lorsqu'ils sont parvenus au faîte des
grandeurs et des richesses , ils abandonnent
leurs anciens principes , et ces Caméléons
politiques deviennent les fauteurs du despotisme qu'ils affectoient de combattre. Depuis
que la maison de Brunswick occupe le trône
de la Grande-Bretagne , le peuple anglais est
enseveli dans les profondeurs de la corruption : il étoit plus libre et plus juste sous les
règnes des races de Plantagenet, de Tudor
et de Stuard. Au milieu des factions et des
guerres civiles , il montroit quelques vertus ,
et se rappeloit avec orgueil son ancienne
valeur et ses mœurs primitives ; mais aujour-

d'hui il ne présente que le spectacle d'une nation avilie, qui voit sans effroi l'accroissement de la tyrannie, et se présente d'elle-même pour recevoir les fers de l'esclavage. Cette nation doit nécessairement périr, puisqu'elle est arrivée à ce terme de corruption qui bouleverse les empires et les précipite vers leur dissolution.

L'Angleterre périra, mais avant cette époque elle deviendra une monarchie illimitée. Ses rois, pour étendre et affermir leur autorité, n'armeront point une partie de la nation contre l'autre; le glaive n'égorgera point des victimes; l'étendard de la guerre civile ne sera point déployé, et ne ravagera point les villes et les provinces; des factions ennemies n'arboreront point le signal du carnage et de la destruction; un républicain farouche ne viendra point renverser les autels et ensanglanter le trône : le peuple avili et corrompu se présentera de lui-même pour recevoir les fers de l'esclavage et pour bénir ses oppresseurs; il ne sentira plus le prix de son indépendance et les bienfaits de la liberté. Après avoir parcouru tous les degrés de l'infortune et de la misère, il sera conquis et subjugué. L'Anglais a fondé sa constitution dans un tems d'anarchie et de supers·

19

tition, elle sera renversée dans un tems de lumière et de paix. Le physique a un cours juste et régulier, ses périodes sont fixés irrévocablement; le moral est régi par les mêmes lois; l'astronome connoit le cours des astres et annonce leurs différens mouvemens. Ainsi, le philosophe qui médite dans le silence et le calme des passions, qui connoit les mœurs actuelles d'un peuple; ne peut point se tromper lorsqu'il prédit ses destinées.

www.ingramcontent.com/pod-product-compliance
Lightning Source LLC
Chambersburg PA
CBHW071902020726
47502CB00003B/864